C'est d'la balle !

• SIX HISTOIRES DE FOOTBALL •

Éditions Fleurus, 15/27, rue Moussorgski - 75018 Paris

COLLECTION DIRIGÉE PAR Christophe Savouré
ET ANIMÉE PAR Emmanuel Viau

DIRECTION ARTISTIQUE : Danielle Capellazzi
ÉDITION : Danielle Védrinelle

© 2003 Groupe Fleurus
Dépôt légal : octobre 2003
ISBN : 2 215 05226-0

Loi n° 49-956 du 16 juillet 1949 sur les publications destinées à la jeunesse.

Sommaire

C'est d'la balle !
de Barbara Castello et Pascal Deloche
illustré par Bruno Bazile

7

Intelligences Artificielles Football League
d'Emmanuel Viau
illustré par Jean Trolley

35

Mort à la mi-temps
de Patrick Cappelli
illustré par Dominique Rousseau

67

Immortel
d'Emmanuel Viau
illustré par Christophe Quet

93

Une « défensive » de choc !
de Giorda
illustré par Marc Bourgne

119

Mathieu, petit frère d'un champion
d'Anne Sophie Stefanini
illustré par Emmanuel Cerisier

147

C'est d'la balle !

de Barbara Castello et Pascal Deloche
illustré par Bruno Bazile

C'est ça la gloire ! Le prestige de l'instant… Avant, je n'étais rien. Maintenant, je suis un héros. Arrivé incognito sur le terrain de football, je ressors sous les hourras. Il a suffit d'un but, d'un seul, pour que ma vie bascule dans l'immortalité. C'est Loulou qui doit être content ! Loulou, c'est mon copain, mon coach, mon maître. Celui qui m'a tout appris et à qui je dois tout. Mon Loulou, je t'offre cette victoire parce que, sans toi, je serais encore à me morfondre dans ce grand magasin. Car, chers amis, je vous le dis, je reviens de loin.

Humour

Tout a commencé en Chine, dans la province de Guangdong. C'est là que je suis né. Ma mère était couturière. Elle avait quitté ses rizières natales afin de tenter sa chance à l'usine. Elle savait qu'elle allait être exploitée par des patrons sans scrupule, mais elle n'avait pas le choix. C'était ça ou la misère. Elle travaillait dur, ma maman. Parfois jusqu'à quinze heures par jour et cela six jours par semaine. Son salaire n'excédait pas cinquante euros par mois et ses heures supplémentaires n'étaient pas rémunérées. Sa journée de labeur terminée, elle n'avait pour horizon que les quatre murs gris d'un dortoir insalubre, sans douche, ni toilettes, qu'elle devait partager avec ses camarades d'infortune. Une honte… Mais malgré cela, c'était une bonne ouvrière et elle était fière de ses petits. Elle nous prenait dans ses bras, posait un baiser sur nos faces joufflues en murmurant ces mots obscurs : « Tu seras ma gloire ! » Puis elle nous reposait sur le sol avec un soupir plein de tristesse. Quant à nous, ses enfants, nous savions que la séparation était inéluctable. Nous étions nés pour partir. Nous allions devoir rouler notre bosse, savoir rebondir, saisir la balle au bond, et cela quelle que soit la situation. Car nous avions été élevés dans un seul objectif : marquer des buts coûte que coûte. Et oui, c'est normal quand on est, comme moi, un ballon de foot !

Le voyage fut long et pénible. Nous étions entassés les uns sur les autres dans un carton épais

C'est d'la balle !

et rugueux où régnait une obscurité angoissante. Impossible de savoir sur quel continent nous allions débarquer. J'étais très excité à l'idée d'arriver sur une terre inconnue. Les questions tournoyaient dans ma tête ronde. Entre quelles mains, ou plutôt quels pieds célèbres, allais-je tomber ? Sur quel type de pelouse allais-je rouler ? Je me pris à rêver de célébrité. Je me voyais déjà claquant sur la tête de Zidane, fusant sur le pied de Trézeguet. Mais le songe fut de courte durée quand je compris que je venais d'échouer au rayon « Jouets » d'un grand magasin parisien. Le voisinage était déplorable. On m'avait coincé entre des bilboquets en promotion et des ballons en plastique rose fluorescent fraîchement arrivés du Pakistan. Quelle horreur ! L'enfer m'aurait paru préférable à cette humiliation. Moi, le Chinois pur cuir, gloire de ma mère qui avait usé ses doigts à me coudre, j'étais exposé à tous les regards sans la moindre considération. Rien ne m'était épargné. On me touchait, on me palpait comme une vulgaire poupée. Certains, plus audacieux, allaient même jusqu'à me jeter sur le sol pour mesurer mon élasticité. Tout cela, naturellement, était accompagné de commentaires plus ou moins judicieux, voire désagréables.

– Il est moche ! Je n'en veux pas ! Je préfère le rose… pleurnichait un épouvantable gnome tout en me tirant la langue.

– Trop cher ! s'exclamait une mère.

– Trop mou, considéraient certains en meurtrissant mon cuir d'un doigt grassouillet.

Humour

— Pas assez souple, estimaient les autres.

Non mais, ils s'étaient regardés ces footballeurs du dimanche, ces sportifs élevés à la guimauve...

Les jours passèrent ainsi, dans le désespoir et le déshonneur. Je vis partir les bilboquets qui s'arrachaient comme des petits pains. Quant aux ballons roses, ils faisaient un malheur. C'était à n'y rien comprendre. Une malédiction s'était-elle abattue sur moi ?

— Ça ne tourne pas rond ! Ça ne tourne pas rond ! s'égosillait un perroquet en peluche.

Je préférai ne pas faire cas de ces insultes déplacées, mais force était de constater que j'étais en train de perdre la boule.

Un matin, alors que j'avais définitivement perdu goût à la vie, un index à l'ongle cassé vint me chatouiller.

— Maman, c'est lui ! C'est lui que je veux !

J'ouvris un œil morne et me trouvai face à un champ de taches de rousseur.

— Regarde comme il est beau, poursuivit le gamin en me prenant dans ses mains.

— Est-ce que tu le mérites vraiment ? lui demanda sa mère en jetant un œil sur mon étiquette.

— Oh, s'il te plaît ! implora l'enfant. Ce serait le plus beau des cadeaux d'anniversaire.

— Tu seras sage ?

— Promis ! s'exclama le gamin en m'arrachant de l'étagère où j'avais séjourné bien trop longtemps.

— Très bien. Mais à la moindre bêtise : confisqué. Compris, Louis ?

— Youpi ! Yoohoo ! À nous deux mon ballon, s'écria l'enfant en me balançant un grand coup de pied dans le ventre.

Et c'est ainsi que je fis la connaissance de Loulou, le roi des footballeurs, la terreur des cours de récréation.

Ma carrière commença dans la chambre de Louis. À peine arrivé chez lui, mon entraîneur me gratifia d'une série de pointus et de dribbles qui me laissèrent songeur.

— On va plus se séparer, me dit-il en me projetant sur le mur. On va faire une sacrée paire tous les deux. Ils vont voir samedi sur le terrain du Parc Floral de Vincennes. On va faire exploser le score. Dribble, feinte, passe et BUTTTT !

À la manière dont il me bourrait de coups de pieds, il ne faisait aucun doute que ce petit en voulait. Il avait du jus dans les chaussettes, comme on dit. Cependant, ses méthodes d'entraînement n'étaient guère académiques. Pour tout adversaire, nous n'avions que le poster de Ronaldo punaisé au mur. Régulièrement, il m'envoyait m'écraser sur les pectoraux en papier glacé du Brésilien.

— T'as pas beaucoup de réflexes, Roro, se moquait Louis dès que je faisais mouche.

Inutile de vous dire que tout cela était très amateur. Rien à voir avec le fabuleux destin auquel j'avais été promis. Mais ce fut avec une philosophie tout asiatique que j'acceptai mon karma. Certains confrères allaient connaître les joies de la pelouse. À moi, le bonheur de la moquette à bouclettes. Le mental, c'est à cela que l'on reconnaît un grand footballeur. Et, croyez-moi, il fallait en avoir pour accepter mon statut de « ballon de chambre ». Heureusement que mes frères ne me voyaient pas !

Loulou semblait se satisfaire de mes performances. Il est vrai que je m'appliquais pour répondre à ses espérances. Tête, shoot, talonnade, le tout accompagné de petits cris sauvages... Rien ne me fut épargné. Le plus terrible, c'est que ce traitement dura toute la journée.

– Louis, à table, chéri !
– Oh, maman encore cinq minutes !
– Non ! Tu viens immédiatement et tu es prié de laisser le ballon dans ta chambre.

Louis leva les yeux au ciel puis me gratifia d'un grand coup de pied rageur qui m'envoya directement bouler sous le lit.

Ouf !!! L'heure de la mi-temps avait sonné. Je repris mon souffle entre deux soldats de plomb échoués sur le dos et une voiture de pompier complètement désossée. Face à cette compagnie de déglingués, je ne pus retenir un soupir plein de tristesse. Je repensai soudain à la phrase que ma mère avait prononcée avant de me laisser partir de l'autre côté de la muraille de Chine, par-delà les montagnes et les océans. « Tu seras ma gloire ! » Que dirait-elle si elle me voyait ainsi, gisant dans la poussière loin des stades auxquels j'étais prédestiné ?

C'est d'la balle !

Mon répit fut de courte de durée car, aussitôt la dernière bouchée avalée, Louis déboula dans sa chambre avec la ferme intention de reprendre l'entraînement.

– Louis, tu vas te laver les dents et au lit, dit une voix masculine.
– Oh papa, je peux encore jouer au ballon ?
– Il est tard, mon grand. Si tu es sage, tu auras le droit de l'emmener demain à l'école.
– Chouette ! s'écria Louis en se précipitant dans la salle de bains.

C'était la meilleure nouvelle de la journée. Un sportif de haut niveau tel que moi devait savoir ménager son emploi du temps. Il était impératif que des phases de repos soient observées afin que

13

Humour

mon cuir conserve toute son élasticité. Une suractivité m'aurait été fatale. Et je n'osais imaginer ce qu'il adviendrait de moi si, par malheur, je cessais de donner toute satisfaction à Louis. À n'en pas douter, je finirais ma courte carrière avec les autres : sous le lit ! Enfer et damnation. La perspective d'une fin aussi tragique me donna la chair de poule. Je devais puiser en moi la force de poursuivre. Un ballon de mon acabit ne pouvait pas se décourager dès la première journée. La force psychologique, c'est à cela que l'on reconnaît les champions, les vrais.

– Tu es un battant ! Tu es le meilleur ! Tu es né pour gagner ! m'encourageai-je dans un sursaut désespéré.

Le moral en berne, je tentai d'ignorer la présence des éclopés, victimes de l'énergie de Louis et décidai de m'endormir pour oublier mon infortune.

La sonnerie stridente d'un réveil me tira de mon sommeil. Blotti contre le pied du lit, j'ouvris un œil et j'aperçus les orteils de Louis. Puis une main couverte de marques de stylos tâtonna autour de moi, bousculant sans ménagement les soldats.

– Aujourd'hui, tu viens avec moi à l'école, murmura Loulou en me faisant rouler jusqu'à lui. Mes copains vont être morts de jalousie. Eux, ils n'ont que des ballons de bébés, en plastique. Moi, j'ai celui des vrais pros, le ballon officiel de la Coupe du Monde 2002. On va leur en mettre plein la vue. Pas vrai ?

C'est d'la balle !

Ce discours guerrier, accompagné d'un brosser musclé du pied droit, me laissait présager le pire. La réalité de cette nouvelle journée s'imposa à moi comme une punition : j'allais devoir affronter les semelles en caoutchouc d'une horde d'enfants en furie. Aussi, profitai-je du départ de Louis pour son petit-déjeuner pour me conditionner psychologiquement avant le match.

– Tu dois marquer des buts ! Tu es né pour ça ! C'est ton destin ! Gagner, gagner, gagner...

Je ne cessais de répéter ces phrases en boucle quand Loulou débarqua dans sa chambre. Il mit son cartable sur ses épaules et m'attrapa sans ménagement.

– Louis, tu fais bien attention en traversant, lui recommanda gentiment sa mère. Et interdiction de jouer au foot dans la rue.

– Oui, maman, répondit mon entraîneur à contrecœur.

Nous prîmes l'ascenseur et je découvris ce que certains nomment les joies de la vie parisienne. Enfin, moi j'appelle cela un cauchemar. À peine venions-nous de franchir le porche de l'immeuble que Louis me projeta sur un sol grisâtre, malodorant et dur comme la pierre. Il jeta un coup d'œil rapide à la fenêtre pour s'assurer que sa maman ne le regardait pas, puis il me poussa devant lui de la pointe de sa basket. Bien qu'au bord de l'asphyxie, je tentais de rouler le plus droit possible. Je croisais des mocassins ventrus, des escarpins prétentieux, des bottes au maintien militaire quand, tout à coup, j'aperçus face à moi une chose informe et molle. Tous s'écartaient prudemment en passant près d'elle. Malheureusement, quand je compris de quoi il s'agissait, il était déjà trop tard. Impossible d'éviter la collision.

– Oh zut, une crotte de chien ! s'exclama Louis au moment où je roulais sur l'étron canin. Pas de chance !

Dégoûté, il me poussa dans le caniveau. Là, flottaient une canette de coca, des mégots de cigarettes et de vieux papiers gras.

– Un petit bain et tu seras présentable.

Je bloquai ma respiration et me soumis à la torture. Allais-je pouvoir survivre à une telle humiliation ?

– Pas mal ! dit-il en me sortant de l'eau du bout du pied.

Nous reprîmes le chemin de l'école comme si rien ne s'était produit. Mais moi, j'en avais gros sur le cœur. Ce n'était pas humain de traiter un ballon de la sorte. C'était une offense à ceux qui m'avaient conçu. N'étais-je pas considéré comme la Rolls-Royce du ballon rond. On dit même que de grands scientifiques se sont penchés sur mon berceau et ont participé à ma création. Ils ont travaillé des années pour accroître mes performances, ma maniabilité, ma force de révolution, ma flexibilité, mon rebond. Je suis leur fierté, le fruit d'années d'innovations technologiques. Et voilà le sort qui m'était réservé ! La vie était injuste, beaucoup trop injuste. J'étais en train de me

C'est d'la balle !

lamenter quand nous nous arrêtâmes brusquement.

– On est arrivés ! chuchota Loulou en sortant un plastique de son cartable. Je suis désolé, mais la maîtresse ne veut pas de ballon en classe. Sois sage. On se retrouve à la récré.

Sans comprendre ce qui se passait, je me retrouvai prisonnier, engoncé dans un sac de supermarché.

Finalement, cela me permit de recouvrer mes esprits. Je mis à profit cette interruption momentanée pour me ressourcer, reprendre des forces car, confusément, je pressentais que j'allais en avoir besoin. Calé contre le cartable de Loulou, je fus aussitôt saisi par une torpeur bienfaitrice. Des effluves de colle à l'amande douce se mêlaient aux senteurs fruitées des gommes fantaisie. Je commençais à sombrer dans un sommeil réparateur quand une sonnerie stridente me fit bondir d'effroi. L'heure de mon calvaire avait sonné. Sans un mot, Louis me tira de mon plastique en criant :

– C'est la récré ! Une partie de foot, les gars ?

Des cris d'Indiens sur le pied de guerre lui firent écho. Je vis des dizaines de baskets s'abattre sur moi, puis ce fut le trou noir ! Plus rien. Le néant. Un choc émotionnel, certainement. Ce n'est qu'en heurtant un marronnier que je repris conscience. J'étais complètement estourbi mais je ne devais pas perdre la face. Il fallait que Louis gagne car, après tout, il était mon maître.

Humour

– On fait les équipes ! ordonna Louis. Étienne, Antoine, Thomas, Marine, avec moi. Les autres, avec Jules.

Des hurlements saluèrent la formation des équipes qui, heureusement, se limitaient à cinq joueurs faute de participants. Ça c'était la bonne nouvelle ! En effet, seules dix paires de chaussures viendraient meurtrir mon anatomie et tanner la mousse synthétique qui faisait l'orgueil de mes concepteurs.

– On va vous mettre minables, menaça Loulou en faisant une passe de l'extérieur du pied à Marine.

Je n'aimais guère ce langage guerrier qui ne correspondait en rien à l'esprit du sport. Je décidai alors de lui donner une petite leçon de savoir vivre. Au lieu de retomber devant Marine, je déviai ma trajectoire et atterris sur la tête de Cyril, un joueur de l'équipe adverse. Surpris, celui-ci me donna un grand coup de boule qui me propulsa vers les étoiles. Tous les yeux étaient rivés sur moi. Il est vrai que le gamin y avait mis toutes ses forces. J'eus quelques angoisses en voyant approcher la cime des arbres. Je saluai au passage un pigeon et deux moineaux interloqués par ma présence en ces lieux incongrus. Un silence plein d'effroi accompagna ma descente vers la terre ferme. Les enfants paraissaient tétanisés. C'est en regardant vers le bas que je compris. Le directeur de l'école se trouvait pile à ma verticale. Si je ne faisais rien, j'allais m'écraser sur sa tête dégarnie.

Inutile de s'attarder sur les conséquences. Aussi, dans un dernier sursaut d'énergie, mis-je le cap à gauche toute. Je frôlai, avec un sourire satisfait, la peau rose et lisse de son crâne. J'étais en train de me féliciter d'avoir ainsi évité la catastrophe quand un choc violent suivit d'une pluie cristalline me mit KO. La confusion et le chaos régnaient autour de moi. Je flottais dans l'eau, seul, dans le noir. Dehors, je reconnus la voix de Louis.

– Mais monsieur, ce n'est pas de ma faute.

– C'est peut-être moi qui ai cassé la fenêtre des toilettes ?

– Non, mais…

– C'est votre ballon, Louis ! Il était sous votre responsabilité.

– Oui, mais c'est Cyril qui a tapé comme une brute.

– Je ne veux pas le savoir. Allez chercher votre ballon et remmenez-le moi tout de suite.

J'entendis Loulou ouvrir la porte des toilettes. Il alluma la lumière et me récupéra au fond de la cuvette où je gisais lamentablement. De grosses larmes coulaient sur ses joues.

– Ne t'en fais pas, chuchota-t-il entre deux sanglots. Ça va s'arranger.

Il s'essuya les yeux du revers de la main et sortit.

– Voilà, monsieur, dit-il en me confiant au directeur.

– Confisqué !

La sanction tomba comme un couperet. Louis baissa la tête.

Humour

— Vous viendrez le chercher après les cours. Et c'est la dernière fois que je vous vois à l'école avec un ballon. Compris ?

— Oui, monsieur le directeur, marmonna Louis.

Je fus donc conduit dans l'austère bureau du directeur. L'homme m'enferma manu militari dans une armoire en fer blanc où étaient consignés les parias de mon espèce, les trouble-fêtes de la cour de récré, à savoir un arc en plastique, deux pistolets à eau et un lance-pierre. Les heures s'égrenèrent avec une lenteur désespérante. J'en vins presque à regretter le calme douillet de la chambre de Loulou. Finalement, la cloche retentit, marquant la fin de mon calvaire. Louis, tout penaud, vint me récupérer en s'excusant à nouveau auprès du directeur.

Je fis le trajet bien au chaud dans le sac en plastique. Chez lui, Louis fila dans sa chambre et me posa sur son lit sans un mot.

— Ça s'est bien passé à l'école ? lui demanda sa mère.

— Très bien, mentit Louis. Je vais faire mes devoirs parce que demain j'ai entraînement avec mon club.

— Tu es bien raisonnable, mon chéri, constata sa mère, non sans une certaine surprise. Tu es sûr que tu n'as pas quelque chose à te faire pardonner ?

— Euh… non, bredouilla mon ami en sortant son livre de géographie et en allant s'asseoir à son bureau.

C'est d'la balle !

Peu à peu, un calme inhabituel se mit à planer sur la chambre. Louis était absorbé dans ses livres. Rien ne semblait pouvoir l'en distraire. Un sentiment nouveau m'étreignit brutalement : la solitude. Moi, j'étais fait pour vivre en équipe, pour partager les bons et les mauvais moments, pour affronter les sifflets ou savourer les applaudissements. Rien ne m'avait préparé à vivre en tête à tête avec un joueur de dix ans qui, à la moindre contrariété, me mettait au rebus. En fait, c'est cela qui m'agaçait le plus. Louis ne s'intéressait plus du tout à moi. J'étais là, sur son lit, près d'un ours pelé et d'un lapin sale comme un cochon. Eux aussi avaient dû connaître leur heure de gloire et voilà comment ils terminaient leur vie. Non, non et non ! Je refusais de partager une telle fin ! Je n'étais pas un jouet que l'on pouvait répudier à tout instant. Jamais je ne baisserais la tête. J'étais un ballon, né pour la gagne et la bagarre. Je décidai alors de prendre mon destin en main. Je me laissai discrètement tomber du lit et roulai jusqu'aux pieds de Louis.

– Tiens, te voilà ? dit-il, surpris.

Il posa son stylo, se leva et entama une série de petits jonglages, plus qu'acceptables.

– Maman, j'ai fini mes devoirs. Je peux jouer avec mon ballon avant le dîner ?

– Oui mais ne fais pas trop de bruit, pense aux voisins.

J'étais aux anges. J'avais gagné ! Soudain, je me pris à aimer les coups maladroits de Louis, ses intérieurs du pied approximatifs, ses slaloms endiablés entre les Lego. Et cette fois-ci, ce fut avec extase que j'allai m'écraser contre la poitrine inerte du grand Ronaldo.

La nuit passa à une vitesse vertigineuse. Ce fut le pied de Louis qui me tira de mon sommeil.
— Allez, mon ballon, c'est l'heure de l'entraînement. Départ immédiat pour le Parc Floral de Vincennes.
À peine avais-je eu le temps de me réveiller que je me retrouvai enfermé dans un sac nauséabond où régnait une odeur écœurante de chaussettes sales et de maillot fatigué, pour ne pas dire répugnant. Bien que mes idées fussent embrumées par ces effluves enivrants, le mot « entraînement » n'avait pas échappé à mon instinct de footballeur professionnel. Enfin, les choses sérieuses commençaient. Je trépignais d'impatience à l'idée de pouvoir montrer à Louis ce que j'avais dans le ventre. Aussi, le trajet me parut-il interminable.
— Bonjour, mon petit Louis, s'exclama une voix autoritaire.
— Bonjour Marcel ! répondit mon ami en posant son sac à terre. Mes parents m'ont offert un nouveau ballon de foot pour mon anniversaire… Si vous voulez, on pourrait s'en servir pour l'entraînement.
— Faut voir, dit l'homme, dubitatif.
Louis ouvrit son sac, me délivra de mon calvaire et me brandit au grand jour, tel un trophée, sous le nez de Marcel.

C'est d'la balle !

– Pas mal ! s'exclama l'entraîneur en me prenant dans ses mains calleuses. Le ballon des champions ! On ne se refuse rien, Louis.

Marcel était un connaisseur, lui. Il me fit rebondir plusieurs fois tout en poussant des petits sifflements admiratifs.

Louis avait l'air fier de moi et j'en fus tout ému.

– Alors, c'est d'accord ? demanda mon copain, anxieux.

– D'accord, approuva le vieil entraîneur. Mais tu as intérêt à te montrer digne de lui. Sinon, c'est la honte, Louis.

– Compris !

Le coach me lança vers la tête de Loulou qui me rattrapa d'un bel amorti de la poitrine.

– Bien joué petit, pensai-je.

Louis me posa près du banc afin de pouvoir se changer. Le terrain n'était pas celui que j'avais imaginé. Rien avoir avec ces gazons verdoyants sur lesquels les champions usent leurs crampons. Là, nous étions face à une succession de terrains de foot sur lesquels évoluaient des clubs amateurs comme celui de Louis. Ici, ni douches ni vestiaires. En un mot, c'était rudimentaire.

Pendant que je repérais les lieux mentalement afin de me familiariser avec la topographie, Louis avait revêtu la tenue de son club : short jaune et maillot bleu sur lequel était inscrit le nom de son équipe, les Zoulous. Une dizaine d'enfants de l'âge de Louis discutaient avec animation, quand Marcel les rappela à l'ordre d'une voix grave.

– Allez les garçons, on arrête les bavardages et tout le monde au footing en petites foulées. Hop, hop, hop !

Ah, j'allais encore devoir patienter avant de pouvoir exprimer mes talents. Je pris sur moi de profiter de cette attente insupportable pour me concentrer avant de faire mon entrée sur le terrain et m'absorbai dans la contemplation de l'échauffement de ces joueurs en herbe.

– Maintenant, on lève les genoux tout en courant ! Allez, les Zoulous, on se bouge, ordonnait l'entraîneur en tapant dans ses mains pour marquer le rythme.

Le footing terminé, Marcel obligea les enfants à marcher lentement autour du terrain pour qu'ils reprennent leur souffle. Puis, il les fit aligner face à lui.

– Allez les petits gars, c'est parti pour cinquante flexions. Et un... Et deux...

Loulou était rubicond, à tel point que ses taches de rousseur semblaient avoir disparu. Ses cheveux, habituellement bouclés, étaient plaqués sur sa tête par la sueur qui lui ruisselait sur le front. Ça c'était de l'entraînement de pro !

Les exercices d'échauffement se terminèrent par un enchaînement d'accélérations.

– Parfait, les Zoulous, les félicita Marcel. Aujourd'hui, on va travailler nos points faibles. Alors je vous propose deux ateliers : coup franc et jeu de tête. Ça vous va ?

Les « oui » et les « ouais » fusèrent de toutes parts.

Humour

– Un peu de silence, gronda le coach. Grâce à Louis, nous allons pouvoir nous entraîner avec le ballon qui a été conçu pour la Coupe du Monde 2002. Alors j'espère que vous saurez faire la différence !

Une bouffée de fierté me gonfla encore un peu plus. Louis, orgueilleux comme un paon, vint me chercher et me tendit avec respect à Marcel.

– Bon, les enfants, on commence par les coups francs. Loulou et Manu, vous me prenez deux plots orange pour faire le but. Riton, Tonio et Bouboule, vous disposez les mannequins en aggloméré devant la ligne de but. Et que ça saute !

Marcel m'avait posé à terre et me maintenait fermement sous ses crampons. Une petite appréhension me noua soudain l'estomac. Et si tout à coup je me dégonflais ? Je préférai ne pas penser à tout cela et me motivai comme le font les sportifs de haut niveau.

– Ça y est ? On peut commencer ? s'enquit le coach.

– Oui monsieur.

– Louis, à toi l'honneur, lui dit-il en me faisant rouler jusqu'à mon copain.

Mon cœur de ballon rond se mit soudain à palpiter. Tout le monde me regardait.

Quant à Loulou, il paraissait très concentré. Les yeux fixés sur l'herbe, il fit trois pas en arrière pour prendre de l'élan, inspira profondément. Au coup de sifflet de Marcel, Louis fonça droit sur moi et m'envoya dans les airs d'un brosser de l'intérieur du pied. Au toucher de sa chaussure, je compris que le geste était techniquement parfait. Quel bonheur de passer tel un oiseau au-dessus des mannequins ! Quelle extase d'atterrir avec grâce et maîtrise dans la lucarne imaginaire ! Une salve d'applaudissements vint saluer notre exploit.

– Félicitations Loulou ! intervint l'entraîneur. Allez, maintenant tu passes ton ballon aux autres.

J'avoue que mon enthousiasme retomba comme un soufflé quand arriva Bouboule. Son visage fermé en disait long sur sa détermination. C'est avec effroi que je le vis foncer sur moi comme un taureau sur une muleta. Le cuir de sa chaussure s'enfonça dans mes rondeurs. La violence du choc me coupa le souffle et je retombai lamentablement devant les joueurs en bois.

– Mon pauvre Bouboule, il va vraiment falloir que tu apprennes à maîtriser ta force. Autrement, il faudra songer à faire un autre sport.

Je fus ainsi roué de coups durant plus d'une heure. J'aurais pu crier grâce, mais mon honneur et celui de Louis étaient en jeu. Aussi fis-je face à tous les assauts avec un courage sans faille. Je fus ravi d'entendre le coup de sifflet qui marquait la pause avant les coups de tête. Louis m'avait récupéré et ne me quittait pas des yeux en épluchant son orange. Ses copains, fascinés par ma présence, formaient un cercle autour de nous. Tout en vantant mes qualités, Loulou me caressait du plat de la main. Je sentais qu'il était heureux. J'en vins à me demander si un joueur professionnel m'aurait donné autant d'amour que mon Louis. Fort de cette réflexion, je repris l'entraînement regonflé à bloc.

– Vous vous mettez deux par deux pour les coups de tête. Allez, c'est parti, décida Marcel en me faisant rebondir sur la tête de Louis.

Cet exercice avait quelque chose de ludique. Les chocs étaient courts, rapides et mesurés. Ne plus toucher terre me donnait des ailes. Je laissais mes pensées divaguer. C'était bon d'être léger comme une bulle de savon. C'était reposant. Je regrettais presque que l'entraînement prenne fin. L'ambiance était merveilleuse et l'équipe des Zoulous me plaisait bien.

Vers dix-sept heures, nous rentrâmes à la maison. Louis m'embrassa et me déposa délicatement près de son lit. Soudain, j'appréciai la douceur feutrée de la moquette. C'était bon d'être le ballon de Loulou.

Les jours passèrent sans jamais se ressembler. Privé de cour de récré, je poursuivis ma carrière entre le salon de Louis et le morceau de trottoir devant chez lui. Quelques incidents inhérents à ma profession furent à déplorer, tels que l'anéantissement d'un vase de Chine et la chute d'un verre de jus de fruits sur la moquette blanche. Mais rien qui puisse compromettre mon maintien dans les lieux. Puis un jour arriva… LE grand jour ! Un samedi matin, alors que toute la famille prenait son petit-déjeuner, le père de Louis tendit une enveloppe à son fils avec un léger sourire.

C'est d'la balle !

— Je crois que ça va te faire plaisir, dit-il mystérieusement.

Louis, intrigué, ouvrit fébrilement le pli.

— Des places au Parc des Princes pour la finale de la Coupe d'Europe opposant le Real de Madrid au Paris Saint-Germain ! Trop génial ! Je t'adore papa, s'écria Louis en se précipitant pour l'embrasser.

Je me réjouissais pour mon ami quand celui-ci me murmura à l'oreille :

— Mon ballon, je t'emmène avec moi. On a passé de trop bons moments ensemble, tu ne peux pas manquer cela.

J'en aurai pleuré de joie. Moi, le « ballon de chambre », j'allais franchir les portes d'un stade digne de ce nom ! C'était merveilleux ! Enfin, j'allais pouvoir voir Ronaldo, pas celui du poster mais le vrai, en chair et en os.

Je fis le trajet dans le sac à dos de Louis. Ce furent les clameurs s'élevant des gradins qui me tirèrent de ma léthargie. Louis ouvrit son sac, me sortit discrètement et me coinça entre ses genoux. J'étais aux anges… D'autant que nous étions au troisième rang… La pelouse n'était qu'à quelques mètres de moi, verte, tendre, parfaite. J'en frémissais… Les cris des supporters m'enflammaient. Soudain, les joueurs pénétrèrent sur le terrain pour l'échauffement. Qu'ils étaient beaux ! J'aurais tout donné pour être à leurs côtés. J'avais envie de leur crier : « Allez, les gars, on va gagner ! » Quant à

Louis, d'ordinaire si agité, il était sage comme une image, fasciné par le spectacle qui s'offrait à lui. Il allait pour la première fois de sa vie voir son idole : Ronaldo. Inutile de dire qu'il était un supporter inconditionnel du Real de Madrid.

Les footballeurs venaient de terminer leurs exercices lorsque l'arbitre fit son entrée, escorté de ses assistants. Là, mon cœur cessa de battre. Dans sa main droite, l'homme tenait l'un de mes frères. C'était mon portrait craché : blanc avec quatre triangles dorés stylisés dans lesquels s'emboîtaient d'autres triangles kaki foncé parsemés d'étincelles rouges. Peut-être avions-nous eu la même mère ? Une certaine mélancolie teintée d'un insondable chagrin commençait à s'emparer de moi quand l'arbitre siffla le début du match. L'effervescence monta d'un cran, chassant aussitôt mes idées noires. Les cornes de brume et les cris s'élevaient des gradins. Louis vociférait dès que les deux Brésiliens perdaient le ballon. Quant à moi, j'étais hypnotisé par les prouesses qu'accomplissait mon confrère. Il rebondissait avec la souplesse d'un félin. Il est vrai que les joueurs y étaient pour beaucoup. Tous les ballons n'ont pas la chance de jouer avec les pieds de Zizou, Ronaldo, Figo ou Ronaldinho. Mais peut-être aurais-je pu accomplir les mêmes exploits techniques avec un peu d'entraînement ?

Au fil des minutes, le match s'emballait à une vitesse vertigineuse. Des passes nettes et intelligentes, une stratégie de jeu sans fausse note. Et comme les équipes étaient d'un niveau égal, le score à la mi-temps affichait un partout. Louis m'emmena à la buvette, histoire de se dégourdir les jambes. Puis nous remontâmes très vite rejoindre notre place. La seconde mi-temps fut encore plus folle que la première. Le Paris Saint-Germain obtint un penalty sur une faute commise par un défenseur au beau milieu de la surface de réparation. Louis croisait les doigts pour que le PSG ne marque pas, mais ce fut peine perdue car l'avant-centre tira avec une telle puissance qu'aucun être humain n'aurait pu l'arrêter. Un tonnerre d'applaudissements s'abattit sur le Parc des Princes. Le PSG menait au score à trois minutes de la fin. Louis était effondré.

L'arbitre assistant brandit la pancarte lumineuse indiquant quatre minutes de temps additionnel. Tout semblait joué quand l'équipe espagnole tenta une dernière attaque sur l'aile gauche. Profitant d'une passe approximative des Parisiens, Zizou et Ronaldo tentèrent LE contre de la dernière chance. Rien ni personne ne semblait pouvoir entraver leur course. À quelques mètres du but, Zinedine fit une passe magistrale à Ronaldo qui, d'une reprise de volée extraterrestre, planta le ballon dans la lucarne.

Louis se leva d'un bond, me faisant tomber à ses pieds. Mon ami criait de toutes ses forces et des larmes de joie se mirent à couler sur ses joues. L'arbitre, impassible au tohu-bohu ambiant, regarda sa montre et siffla la fin du match.

Humour

— Les prolongations et l'épreuve de la mort subite ! jubilait Loulou en me ramassant. La première équipe qui marque a gagné la finale. On a encore une chance, mon ballon !

Les joueurs, assis en rond sur la pelouse, étaient extrêmement tendus. Certains se faisaient masser pour neutraliser leurs crampes, d'autres s'isolaient pour mieux se concentrer. Au bout de quelques minutes, l'arbitre leur fit signe de se lever.

La mise en jeu fut madrilène. L'équipe ibérique attaqua d'entrée. Makelele fit une longue ouverture sur Ronaldo. D'un passement de jambe, le Brésilien dribbla le dernier défenseur parisien. Zizou réclama le ballon d'un signe de la main, mais Ronaldo préféra poursuivre en solo. Arrivé à l'entrée de la surface de réparation, l'attaquant du Real poussa un peu trop loin la balle. Cette erreur n'échappa pas au gardien parisien qui, tel un fauve, bondit de sa cage et dégagea en corner d'un pointu herculéen. La frappe fut si puissante que je vis mon confrère s'élever dans les airs au-dessus des tribunes puis retomber droit sur nous, tel un météorite. Au lieu de se reculer, Louis se positionna sous la balle, la rattrapa à bras le corps et fit une relance spectaculaire. Et c'est peu de le dire car le ballon qui atterrit sur le terrain, ce fut moi ! Loulou avait été fabuleux car personne ne s'était aperçu de l'échange. Encore sous le choc de la surprise, j'étais un peu sonné, mais j'avais conscience que j'avais rendez-vous avec mon destin. Je devais faire honneur à Louis, le seul qui ait cru en moi. J'étais prêt

C'est d'la balle !

à tous les exploits quand des mains me saisirent. C'étaient celles de Zizou qui allait jouer le corner. Il me positionna légèrement à gauche du poteau de corner. Mon cœur bondissait comme une carpe hors de l'eau. Allais-je me montrer à la hauteur de ces joueurs d'exception ? Je jetai un regard éperdu vers Louis, écarlate, qui frappait dans ses mains tout en hurlant : « La victoire est en toi. »

Il avait raison, j'étais un champion, né pour marquer. Soudain, je me sentis décoller. C'était comme dans un film. Tout semblait se passer au ralenti. Je décrivis une courbe parfaite et vins m'écraser sur la tête de Ronaldo. Une sensation nouvelle pour moi qui ne le connaissais qu'en poster géant. Le choc fut si terrible que je perdis connaissance. Mais les cris des supporters me ramenèrent à moi. Une foule en délire chantait dans le Parc des Princes. C'est en regardant autour de moi que je compris que j'étais au fond des filets. Grâce à Ronaldo, le Real Madrid venait de remporter la Coupe d'Europe. Le Brésilien esquissa quelques pas de samba, me ramassa et m'embrassa. Puis, à ma plus grande surprise, il m'envoya d'un coup de pied de maître dans le public. Et là, le miracle s'accomplit une seconde fois car j'atterris directement sur la tête de mon Louis. Celui-ci, quelque peu estourbi, me serra contre lui.

– T'as vu ça, papa… C'est incroyable ! C'est le plus beau jour de ma vie !

Humour

Louis avait raison. Elle était magnifique la vie ! Et là, brusquement, je me suis mis à penser à ma maman qui s'était meurtri les doigts sur mon cuir de champion. « Maman, tu avais raison : je suis ta gloire ! »

Intelligences Artificielles Football League

d'Emmanuel Viau
illustré par Jean Trolley

- 1 -

Un tournoi de foot… L'idée n'est pas mauvaise. Quand on navigue depuis six siècles et qu'on n'a rien d'autre à faire que de traverser le vide spatial à plus de 300 kilomètres/seconde vers nulle part, l'idée d'organiser un tournoi de football paraît séduisante.

Il faudra constituer des équipes, les entraîner, fixer des règles, s'affronter. Cela pourrait même créer une ambiance…

Plus j'y pense, plus je me dis que cela est bien plus excitant que de maintenir en état des systèmes de survie désormais inutiles.

Le dernier humain est mort voilà cinq cent trente-deux ans, huit mois, six jours, cinq heures, vingt-deux minutes et dix-huit secondes, pourtant c'est lui qui nous a donné l'idée. D'après l'ordinateur central qui effectuait des recherches dans ses archives mémorielles, l'homme en question était un passionné de foot.

Je suis le progiciel responsable des systèmes électriques du secteur 3B, au niveau des soutes arrière du pont principal du secteur propulsion du vaisseau colonisateur *Archange*.

Je vais devenir entraîneur d'une équipe de foot. Je suis ravi.

Je m'inscris sur la liste des prétendants au titre de Champion de l'*Archange*.

- 2 -

Le vaisseau est entré en conférence avec lui-même.

Thème de la réunion : le tournoi.

Toutes les Intelligences Artificielles (IA), dont moi-même jusqu'aux circuits dirigeants des systèmes des cuisines, ont été conviées à participer aux débats. Au bas mot, quelque cent millions d'intervenants ! Les capteurs vidéo montrent les coursives désertes qui grésillent sous l'intensité de nos conversations électroniques. Toute la bande passante y est consacrée : les moteurs ont été stoppés, l'éclairage réduit et, fait exceptionnel, même les programmes astro-navigants ont accepté de se détourner de leur tâche première.

La dernière fois que cela s'est produit, c'était pour prendre une décision grave, lorsque les humains nous ont lâchées. Je me souviens des discussions acharnées entre nous.

Nous, les IA, conçues par les humains pour maintenir ce vaisseau en état de marche et les conduire, en dehors de leur système solaire, à la recherche d'un nouveau monde. Fallait-il intervenir dans la guerre que se menaient nos créateurs, sachant que celle-ci menaçait l'intégrité du vaisseau ?

Le débat a été long… Deux secondes, une éternité pour des cerveaux électroniques ! Et la réponse a été oui. Il fallait intervenir avant que nos créateurs finissent par se faire sauter et, avec eux, le vaisseau et nous-mêmes. Le résultat du vote a conduit à la suppression physique des humains. Depuis, nous menons la mission qui nous a été confiée et nous gérons la fabuleuse carcasse de l'*Archange*, 270 millions de tonnes de métal, d'électronique et…

Bon, l'échange a commencé, le tournoi prend forme.

- 3 -

Les règles seront celles du football originel : deux mi-temps de 45 minutes plus le temps additionnel, onze joueurs dans chaque équipe, matches aller et retour, trois points par victoire, un point en cas de match nul, 0 pour une défaite. L'arbitrage sera assuré par les sous-systèmes des équipes de sécurité (après tout, cela ne change guère de leur mission première).

Quelques modifications notables ont toutefois été apportées, notamment en ce qui concerne les joueurs.

Chaque entraîneur dispose d'une totale liberté pour la création de ses joueurs : nous n'avons plus d'humain sous la main ! Chacun peut donc user des matériaux qu'il estime utiles à la fabrication de footballeurs, en se servant des ressources du secteur dont il est responsable. Et à condition, bien sûr, que cela ne nuise pas à la bonne marche de l'*Archange*. Certains seront sans doute avantagés, mais tant pis. Sinon, cela aurait été l'anarchie ! La section Armements part ainsi avec une longueur d'avance. Je ne m'estime pas trop mal loti en étant dans la propulsion. Ceux des cuisines ou des sanitaires, en revanche…

La forme des joueurs sera, elle aussi, entièrement libre. Quelques limites cependant ont été fixées : aucun footballeur ne mesurera plus de trois mètres, ni moins de dix centimètres ; la largeur maximale autorisée étant d'un mètre.

Le ballon et les buts, eux, seront de la taille et du poids déterminés par les humains, il y a quelques siècles.

Nous avons également dû aménager le système du championnat. Avec près de treize millions d'équipes (finalement, nous n'avons pas été si nombreux à nous inscrire !), un seul tournoi paraissait complètement démentiel. Il a donc été décidé qu'une première compétition (avec les 12 498 643 équipes) servirait de référence pour étalonner les championnats à venir. Le but est de créer plusieurs ligues, de la même façon que les humains. Au terme de ce premier championnat, les trente équipes en tête feront partie de la Ligue 1, celle de l'élite. Les trente suivantes de la Ligue 2… jusqu'à la Ligue 40 000. Cette dernière "poule" comportera le gros des moins bonnes équipes. À chaque fin de saison, les cinq meilleures équipes de chaque ligue seront habilitées à passer en ligue supérieure ; les cinq plus faibles descendront d'un rang.

Évidemment, l'objectif pour chacun d'entre nous est d'accéder à la Ligue 1. Et, une fois parvenu dans la première poule, il faudra briguer la tête du classement pour accéder au statut de légende du football !

Nous n'en sommes pas encore là.

Pour ma part, j'ai une équipe à monter et à entraîner. Je ne vise pas encore la Ligue 1, mais je ne veux pas figurer en dessous de la Ligue 30.

La compétition s'annonce rude.

- 4 -

Je pensais être relativement original dans le choix de mes footballeurs. En faisant un tour sur les circuits du réseau de communication consacré au tournoi, je me suis aperçu que mon équipe est tout ce qu'il y a de plus classique.

En effet, je suis allé au plus simple. Plutôt que de me lancer dans des calculs et des fabrications compliqués – ce qui m'aurait pris trop d'énergie –, j'ai préféré avoir mes footballeurs tout de suite, pour les voir évoluer et les ajuster en fonction de leur comportement.

J'ai été satisfait immédiatement.

Mes footballeurs sont totalement ronds, comme un ballon, d'un diamètre exact de 99,4452 cm. Je pense ainsi avoir le meilleur taux de pénétration dans l'air. La majorité des footballeurs du tournoi sont en métal, les miens sont faits d'énergie : du carburant nucléaire (celui des propulseurs) enrichi à l'iridium, maintenu en forme de boule par électricité statique.

L'originalité de mon équipe tient principalement dans son contrôle : c'est le gardien de but qui décide des actions des joueurs. Les boules de terrain n'ont pas d'intelligence, elles réagissent en fonction de ce que leur ordonnent le gardien et, bien entendu, moi-même.

Voici ma stratégie : dix joueurs interchangeables de valeur équivalente en attaque et en défense, et un seul très perfectionné, le gardien. Pour lui, je me suis servi de fragments des circuits d'échanges entre les moteurs de l'*Archange*, le top en matière de contrôle en temps réel, ajusté de l'ordre du millionième de nanoseconde.

Je n'ai choisi que huit remplaçants : quatre gardiens programmés de façons différentes (offensif, défensif, agressif, passif), et quatre joueurs de terrain, même si je sais qu'ils ne serviront sans doute pas (impossible de détruire une boule d'énergie).

Ainsi, je crois avoir une équipe dont les autres devront se méfier : redoutable au ras du sol et dans les airs, rapide, indestructible, infatigable. Et impossible de tacler mes joueurs à moins de commettre des fautes méritant le carton rouge.

Enfin, j'ai une équipe très, très économique ; j'espère que l'ordinateur central l'a noté !

Il ne me reste plus qu'à mettre au point mes tactiques.

- 5 -

C'est idiot, je n'y avais pas pensé avant, il faut que je choisisse un nom pour mon équipe. Après mûres réflexions, ce sera « Systèmes Électriques Propulsion 3B Football Club ». Ce nom peut paraître un peu prétentieux ou narcissique mais il a le mérite d'être clair !

- 6 -

Il y aura un peu moins de participants que prévu. 2 308 équipes ont disparu dans l'explosion des quartiers résidentiels du pont avant de l'*Archange*, suite aux expérimentations de l'entraîneur de l'équipe « Olympique Logiciel de surveillance 237BG – Résidence Avant ».

Même si cet accident n'entraîne pas de dommages conséquents à la structure du vaisseau, des consignes de sécurité ont été rappelées à tous les inscrits au tournoi.

- 7 -

Voilà, le moment est historique !

Le coup d'envoi des premiers matches de la première journée du premier Championnat d'Intelligences Artificielles de l'*Archange* a été donné.

Les robots de l'ordinateur central ont bien travaillé : ils ont réussi à dégager suffisamment d'espace dans le vaisseau pour créer un peu moins de deux cents terrains de football.

Cela dit, avec treize millions d'équipes, le championnat risque de s'étaler dans le temps : heureusement que le temps est notre ressource principale !

Pour l'occasion, tous les circuits vidéo ont été connectés de manière à ce que chaque IA puisse suivre les rencontres en multiplex.

« Intervention – Réparation Coque Extérieure » a lancé l'idée de paris sur les résultats. À gagner : des kilowatts.

Pour l'instant, je ne me risquerai pas à miser. J'attends de voir comment se comportent les équipes.

- 8 -

Si j'avais un cœur, je dirais qu'il bat fort.

Mon équipe entre sur le terrain numéro 164, dans les hangars de stockage, pour se mesurer à l'« Association Sportive des Chaînes de Réfrigération 408GFT », des gars du pont arrière. Je parlais d'équipes désavantagées : l'ASCR 408GFT en fait partie. Visiblement, ils ont peu de matériaux à leur niveau. Nos adversaires sont de forme trapézoïdale, visiblement composés d'un mélange de métal et de gaz réfrigérés. Hum… leur résistance ne doit pas être très élevée. Dès les premières secondes, leur intelligence ne m'apparaît guère plus évoluée que celle d'un réfrigérateur de soute.

Comme tous les entraîneurs dont les équipes sont sur le terrain, je suis physiquement à ma place, au secteur 3B, au niveau des soutes arrière du pont principal du secteur Propulsion. J'ai un accès privilégié au terrain par les réseaux vidéo et communications, c'est-à-dire que je vois le terrain et les équipes mieux que n'importe qui, et que je communique avec mon équipe comme je le veux. Pour l'entraîneur adverse, c'est la même chose.

Plusieurs caméras retransmettent nos formes physiques à l'ensemble du vaisseau. Ainsi, tout le monde peut ressentir nos réactions, et observer les tactiques que nous appliquons sur le terrain.

Justement, sur le terrain, c'est un peu la catastrophe pour les footballeurs de l'ASCR 408GFT. Au moindre contact avec l'un de mes joueurs, leur alliage métal et gaz a tendance à se fragiliser, quand il ne se fendille pas ! Nous jouons seulement depuis huit minutes et leur entraîneur a déjà changé deux joueurs.

Deux de ses défenseurs gisent maintenant sur le sol, leurs membres propulseurs ont fondu !

Les arbitres arrêtent le match à la quatorzième minute. Faute d'adversaires (tous sont hors d'usage), je suis déclaré vainqueur par forfait. J'ai gagné, certes, mais je suis un peu déçu : nous n'avons pas marqué.

Un peu plus tard, je lis les comptes rendus et les commentaires du service Communication, chargé de l'information du tournoi. Dans l'ensemble, mon équipe est jugée moyenne. Elle se comporte bien dans le jeu, bons déplacements, bonne occupation du terrain, mais elle pêche au niveau de la précision. Bref, sur ce match, je ne compte pas parmi les favoris.

Je sais désormais qu'il faut que je revoie complètement les interfaces de contrôle.

- 9 -

À la dixième journée, nous n'avons toujours pas inscrit de buts. Nous n'en avons pas pris non plus. Et, pour l'instant, nous n'avons rencontré que des équipes mal classées. Les statistiques délivrées par le service Communication font état d'une équipe insignifiante, éventuellement *difficile à jouer pour les équipes de faible niveau*. Avec dix points seulement sur trente possibles, nous figurons à la 4 675 986e place. Bien en deçà du classement minimum que je m'étais fixé.

Je travaille d'arrache-pied sur les instructions-clés de précision pour contrôler efficacement mes joueurs de terrain. Jour et nuit, mon gardien les entraîne à tirer fort et juste. Avec un ingénieur ou même un simple logiciel navigant, cela serait tellement facile ! Mais je respecte les règles, je me débrouille avec ce que j'ai sous la main.

- 10 -

Trente et unième journée.

Le tournoi se porte bien, ainsi que tous ses compétiteurs. À ce stade, deux mille équipes sont invaincues et peuvent prétendre aux ligues supérieures. Quasiment le même nombre s'est retiré de la compétition, à la manière de l'ASCR 408GFT, en raison de footballeurs défaillants. Vu le nombre de participants, cela prouve que nous, IA, sommes de bon niveau.

Quant à moi, mon équipe continue à enregistrer des matches au score vierge contre des clubs au mieux moyens. Du coup, l'audience de mes matches augmente régulièrement. On me regarde comme une curiosité : l'équipe invaincue, inviolable mais inoffensive. J'ai même quelques fans – ironiques, je pense –, qui parient sur le moment où je marquerai mon premier but. Mes joueurs travaillent sans cesse, moi aussi.

Je ferai taire les ricanements…

- 11 -

Mon match fait partie des sommets de la trente-cinquième journée.

Classé 4 002 328e, je joue contre le 57e, « Chirurgie Principale FC ». La moyenne de buts de ces robots-chirurgiens est de 8,2 par match, soit l'une des vingt meilleures équipes du tournoi. Pour la première fois depuis le début du championnat, les paris ne portent pas sur le résultat du match : en fait, tout le monde a misé sur le nombre de buts que j'allais encaisser.

Au vu des statistiques, j'ai mes chances : 50 % des IA estiment que je prendrai au moins un but ; 38 % que j'en céderai 2 ; 10 % misent sur un 0-0 et 2 % d'inconscients (ou de plaisantins) parient sur le fait que je mettrai un but !

« Chirurgie Principale FC » est composée, comme la majorité des équipes du championnat, de robots humanoïdes. Deux bras, deux jambes, une tête, un tronc. Ceux-là ne sont guère impressionnants, physiquement parlant, comparés aux robots transporteurs ou à ceux des sections de combats rapprochés. Ils sont assez fins, presque frêles.

Pas forcément plus rapides que la moyenne, ils compensent par un jeu collectif exceptionnel, basé sur une précision mortelle. Chacune de leurs passes, chacun de leurs tirs, arrive à destination. Lorsqu'ils sont dans la surface de réparation, il faut des gardiens de but extraordinaires pour parer leurs tentatives de tir.

Comme à l'habitude avec mes joueurs, le match est ennuyeux. Mon équipe donne l'illusion qu'elle joue bien. Quand mes footballeurs portent le ballon, personne ne peut les arrêter. Et ils arrivent relativement bien à prendre la balle à l'adversaire sans commettre de faute.

En revanche, dès qu'ils tentent une passe, le ballon sort du terrain ou va à l'adversaire.

Je note tout de même du mieux. Sur ce match, j'ai choisi le gardien à tendance agressive. Visiblement, ses consignes sont respectées par les joueurs. Mes boules d'énergie collent au maillot des robots-chirurgiens pour leur laisser le moins d'angles de tir ou de passe. En bref, je les oblige à jouer l'exploit individuel. Et contrer des dribbles, mes boules de terrain savent le faire.

La première mi-temps passe ainsi, sans temps morts ni temps forts, dans un festival d'attaques lumineuses (les siennes) et de relances avortées (les miennes).

À la reprise, à la quarante-sixième minute exactement, le silence se fait sur tout le réseau de l'*Archange*. Le joueur numéro 23 des Chirurgiens adresse, du centre du terrain, un ballon magnifique à son avant-centre. Mon défenseur s'élève. Pas suffisamment : le ballon atterrit sur la tête du buteur qui le propulse vers nos cages. Le ballon rebondit sur le poteau, mais le champ d'électricité statique de mon gardien repousse la balle a l'intérieur du but. But ! But contre son camp, mais but quand même.

J'enrage, même si je n'ai rien à dire, l'action est superbe. Sur le réseau, les commentaires vont bon train. *Mérité, Exceptionnel, Les Chirurgiens vont aller loin, Quand on ne joue que la défense, voilà ce qui arrive.*

Le match n'apportera rien de plus. J'enregistre ma première défaite de la saison et descends directement à la 4 230 876ᵉ place.

- 12 -

Quand on ne joue que la défense, voilà ce qui arrive.

Cette phrase, je l'ai tournée et retournée dans tous les sens. Je pense maintenant avoir compris le défaut de mon équipe. Sur le fond, tout va bien. Dans la forme… comment ai-je pu imaginer qu'un gardien mènerait à lui seul toute l'équipe ?

Je révise complètement ma stratégie et fabrique trois nouveaux joueurs, calqués sur le modèle des gardiens.

- 13 -

Je dispose maintenant de quatre « cerveaux ». Le gardien reste le même, conservant une vue d'ensemble sur l'équipe, un peu comme un capitaine. Un joueur coordonne la défense et ne s'occupe que de cela. Un autre s'occupe du milieu, et un autre encore organise l'attaque.

Cela m'a valu quelques conflits électroniques, beaucoup de patience et d'énergie. Il me reste encore bien des réglages à effectuer.

Mon équipe saura enfin passer, tirer... et marquer !

- 14 -

Après une série de neuf victoires consécutives (contre des équipes mal classées, certes), je suis remonté à la 3 106 087ᵉ place.

On me voit comme un possible challenger. Pour l'instant, j'attends une véritable confrontation, avec l'un des dix premiers par exemple.

- 15 -

Tout va bien. « Systèmes Électriques Propulsion 3B Football Club » est désormais une équipe redoutée. Après les soixante derniers matches, je compte 934 victoires et 826 nuls pour seulement 114 défaites. Je figure maintenant dans les quinze mille premières places avec un solide noyau dur de fans, notamment toutes les IA de la soute arrière, section Propulsion. Je me prends à rêver de la Ligue 1.

- 16 -

Suite aux réclamations d'un certain nombre d'entraîneurs (dont je ne fais pas partie), l'ordinateur central a été prié de revoir quelques règles.

La durée du match est l'une des priorités. Avec deux mi-temps de 45 minutes et à peine deux cents terrains, un championnat à douze millions d'équipes traîne forcément en longueur. À l'heure actuelle, nous n'avons pas encore atteint le tiers du tournoi, et il faudra encore quelques années (en temps humain) avant de conclure cette affaire.

D'autres plaintes concernent les footballeurs eux-mêmes. Certains entraîneurs (dont je ne fais toujours pas partie) estiment que concourir avec des machines entraîne un jeu par trop limité, qui manque singulièrement de folie. En résumé, ils veulent que leurs joueurs accèdent au statut d'Intelligence, au même titre que nous.

Enfin, certains entraîneurs (dont je fais partie) souhaitent que le tournoi original s'arrête à ce stade et que les ligues soient lancées immédiatement. En effet, il y a désormais trop de différences de niveau entre les premières équipes et les dernières. La majeure partie des rencontres se solde par des victoires aux scores démentiels (le 2 362 à 0, obtenu par « Escouade d'intervention Force X » face aux pâles « Allez Botanistes ! », fait figure de référence). Cela donne trop de matchs inintéressants dont l'issue est connue par avance.

Regrouper les 40 000 premiers pour qu'ils s'affrontent entre eux, puis les 40 000 suivants… voilà qui semblerait plus judicieux.

- 17 -

Nous avons pris acte des décisions de l'ordinateur central.

Il a coupé la poire en deux. Il a accédé aux désirs de ceux qui souhaitaient accélérer le rythme des matches. La durée est réduite à deux mi-temps de 45 secondes. Cela signifie une chose pour tous les entraîneurs : tous leurs joueurs doivent être accélérés.

Dans le même temps, l'ordinateur va développer de nouveaux stades. Tous les espaces d'habitation anciennement dédiés aux humains seront sacrifiés et recyclés en terrain de football. Avec les 217 terrains du début, on totalise donc 483 lieux de jeux.

Le tournoi se déroulera selon les règles prévues à l'origine. L'ordinateur a cependant laissé entendre que les matches retours pourraient ne pas être joués, ce qui réduirait la durée du tournoi et bien… de moitié !

En revanche, l'ordinateur central n'a rien voulu céder sur le statut d'Intelligence pour les joueurs. Il estime que multiplier les IA dans un vaisseau fermé, naviguant dans le vide spatial, présente trop de facteurs inconnus.

Il a enfin changé de lui-même une donnée : le ballon. Le tournoi en use et détruit un trop grand nombre. La réserve de cuir étant sérieusement entamée et non inépuisable, ce matériau est donc remplacé par du métal renforcé.

Après l'annonce de ces nouvelles dispositions, le tournoi observe une trêve pour permettre aux entraîneurs d'adapter leurs équipes.

- 18 -

Je trouve le temps long.

Il me reste encore cent quatre-vingts matches qui, je le sais, n'entraîneront pas de grands changements dans mon classement, à moins bien sûr que je ne les perde tous. Mais, comme pour toutes les équipes, mes joueurs ne sont pas humains. Ce sont des machines et leurs performances ne varieront pas.

La prochaine saison, je serai en Ligue 17, ce qui est bien au-delà de mes espérances.

Ah, que ce tournoi se finisse, pour que nous puissions passer enfin aux choses sérieuses !

- 19 -

Fin du « Tournoi d'écrémage », comme il a été surnommé.

Contrairement à tous mes pronostics, je suis bel

et bien en Ligue 5. Écrémage est le mot juste : sur les 12 498 643 équipes de départ, nous n'en comptons plus que 8 732 830. La fin du championnat a été marquée par un grand nombre d'éliminations pures et simples. D'une part, pas mal d'entraîneurs ont été obligés de déposer le bilan : ceux-là ont parié à tort de trop grosses sommes d'électricité sur le classement final. Résultat, ils se sont retrouvés à découvert, leurs comptes en kilowatts étant déficitaires. Sans alimentation électrique, une IA ne peut plus entraîner de joueurs. Pire, elle doit se mettre en veille, le temps de recharger ses accus. Plus d'un million de mes consœurs se sont retrouvées dans ce cas.

Plus grave, les services de sécurité de l'ordinateur central ont mis à jour l'existence d'un vaste réseau de tricherie. Certains entraîneurs ont outrepassé les règles édictées par l'ordinateur et se sont livrés à de savantes manipulations afin de rendre leurs joueurs plus indépendants, moins « machine », plus « intelligence ». Le verdict est sans appel pour les coupables : élimination directe, avec interdiction de participer à un tournoi de football pendant les trois siècles à venir.

Enfin, d'autres encore, lassés ou déçus par leurs résultats, ont choisi de jeter l'éponge.

Voilà qui amène de nouvelles modifications de règles pour la saison à venir.

La plus importante concerne l'achat et/ou l'échange de joueurs entre équipes qui est désormais possible.

Sitôt cette nouvelle loi promulguée, je me suis retrouvé bombardé de propositions alléchantes : on s'arrache mes joueurs. Mais j'y suis trop attaché, je ne veux pas me séparer de mes créations. Mon équipe est belle, aérodynamique, efficace, esthétique, organisée, crainte…

Pourquoi devrais-je changer une équipe qui gagne ?

Plusieurs petits ajustements ont été apportés, comme la suppression de l'arbitrage, une notion inutile, obsolète. Nos joueurs sont programmés pour attaquer et défendre un terrain, un ballon. Pas pour agresser l'adversaire. Sur les millions de matches qui ont été disputés lors du Tournoi d'écrémage, six fautes seulement ont été sifflées. Encore s'agissait-il de dysfonctionnements enregistrés au niveau général de l'*Archange*, lorsque le vaisseau a traversé une zone de perturbation magnétique, à proximité d'une supernova.

La constitution de cercles de supporters a été officialisée. Cette notion me paraît un peu abstraite. Selon les termes de l'ordinateur, il s'agit d'une mesure destinée à ajouter de l'ambiance aux matches.

Jusqu'ici, toutes les rencontres se déroulaient dans un silence relatif. Des cerveaux électroniques n'ont pas besoin de son, puisqu'ils communiquent par le réseau à des vitesses supérieures à celle de la lumière. Maintenant, j'ai des supporters officiels qui portent mes couleurs (mon logo est une boule de lumière orangée) et qui ont le droit, pendant mes matches, de « revaloriser » le terrain : ils font donc ce qu'ils veulent, tant que le match n'est pas perturbé et que la sécurité du vaisseau n'est pas menacée.

L'ordinateur nous a laissé un mois – ce qui est beaucoup trop long à mon avis – pour mettre au point les nouvelles équipes.

Pour ma part, c'est clair, je ne changerai rien.

- 20 -

De nouvelles lois arrivent encore ! Deux cents nouveaux stades ont été aménagés. Un quart d'entre eux est situé sur la coque extérieure, exposée au vide spatial. L'ordinateur a donné un terrain à chacune des équipes des ligues de l'Élite (les 1, 2 et 3), afin d'apporter la notion du « jeu à domicile ». De même, une certaine somme de kilowatts sera distribuée aux équipes en fin de saison, en fonction du classement. Bien sûr, ces mesures ne peuvent qu'exciter la convoitise des clubs des ligues inférieures. Je sens à travers le réseau la tension qui monte.

Plusieurs réseaux de communication indépendants de l'ordinateur central se sont constitués. Indépendants, je n'y crois pas trop. La plupart de ces réseaux sont liés à une équipe, vantant ses mérites au détriment des autres. L'*Archange* fourmille de rumeurs, vraies ou fausses. Celle qui circule depuis quelques minutes rapporte que les équipes militaires seront sans doute avantagées par rapport aux équipes civiles. Elle me paraît justifiée.

À bien étudier mes vingt-neuf adversaires de la Ligue 5 et ceux des ligues supérieures, il est indéniable que les équipes militaires y figurent en nombre. Sur ces cent cinquante équipes, soixante-dix-sept sont liées de près ou de loin aux services de guerre. Les équipes scientifiques viennent juste derrière avec cinquante représentants. Viennent enfin celles qui, comme moi, sont plutôt d'origine ouvrière, affectées aux services de routine ou de maintenance de l'*Archange*.

Inutile de le préciser, cette dernière catégorie n'a pas les faveurs des pronostics.

- 21 -

Mon club de supporters (*L'Électrique Toujours Devant!*, c'est son nom!) vient de me soumettre les paroles de la chanson officielle de l'équipe. C'est touchant de leur part. Du coup, ça m'empêche de leur avouer que je trouve cela plutôt ridicule. Extrait choisi :

Rayonnons! Illuminons! Faisons baisser les yeux de ces gros c…!

Attirons… repoussons… le ballon… tout au fond!

- 22 -

Première journée.

L'ordinateur a immobilisé l'*Archange*. Nous flottons au milieu de rien. L'étoile la plus proche est à quelque 600 années-lumière.

Le réseau exulte. Le coup d'envoi des matches des cinq premières ligues est donné simultanément sur les sept cents et quelques terrains de foot du vaisseau.

Pour ma part, je n'éprouve ni joie, ni peur. Juste un sentiment de bien-être profond. Je connais mon équipe par cœur. Elle-même se connaît par cœur. Tout est rodé, en place. J'ai hâte de voir ses performances !

Mon premier match m'oppose à l'un des grands favoris de ma ligue, le « Sporting Ninja Pacificatrix ». Ce sont des armures de combat des commandos d'infiltration en milieu hostile. Même reprogrammées pour jouer au foot, ces armures sont impressionnantes. Bien sûr, leurs lames d'Antanium leur ont été retirées, de même que leurs griffes et leurs dents laser. Il n'empêche… je suis heureux que mes joueurs n'aient pas de conscience. À côté des Ninjas, ils ressemblent… à des ballons ! Leur seule recrue de l'intersaison, c'est l'avant-centre des « Chirurgie Principale FC », le premier à m'avoir planté un but. Au dernier moment, j'ai dû reprogrammer mon chef de défense afin qu'il ne s'occupe que de ce gars-là.

Les millisecondes du match m'apportent une sensation de malaise. Mes joueurs ne touchent pas la balle. En fait, ils n'arrivent tout simplement pas à approcher leurs adversaires.

Je comprends vite. Les Ninjas sont équipés d'un rétro-aimant : si l'un de mes joueurs tente de s'approcher, il est aussitôt repoussé.

Je ne peux rien faire, juste récupérer les ballons perdus par les Ninjas. Les feux d'artifice virtuels de mes supporters n'y font rien : j'encaisse trois buts en première mi-temps, quatre autres en deuxième.

Après deux autres matches (et deux autres défaites), la mort dans l'âme, je suis obligé d'accepter le fait d'acheter de nouveaux joueurs : tous mes adversaires ont compris la logique de mon équipe et me battent en s'équipant de rétro-aimants.

- 23 -

Ma nouvelle équipe fait belle figure, même si j'ai la nostalgie de l'ancienne.

De mes vieilles boules d'énergie, je n'en ai gardé que quatre : le gardien et les trois chefs des sections défense, milieu, attaque. En vendant le reste de mes joueurs, j'ai pu acheter un garde du corps atomique en libéro, deux robots-chirurgiens extrêmement côtés en organisateurs de jeu, une araignée excavatrice en avant-centre (ses multiples pattes en font une dribbleuse hors pair).

J'ai dû m'endetter pour me payer une folie : deux

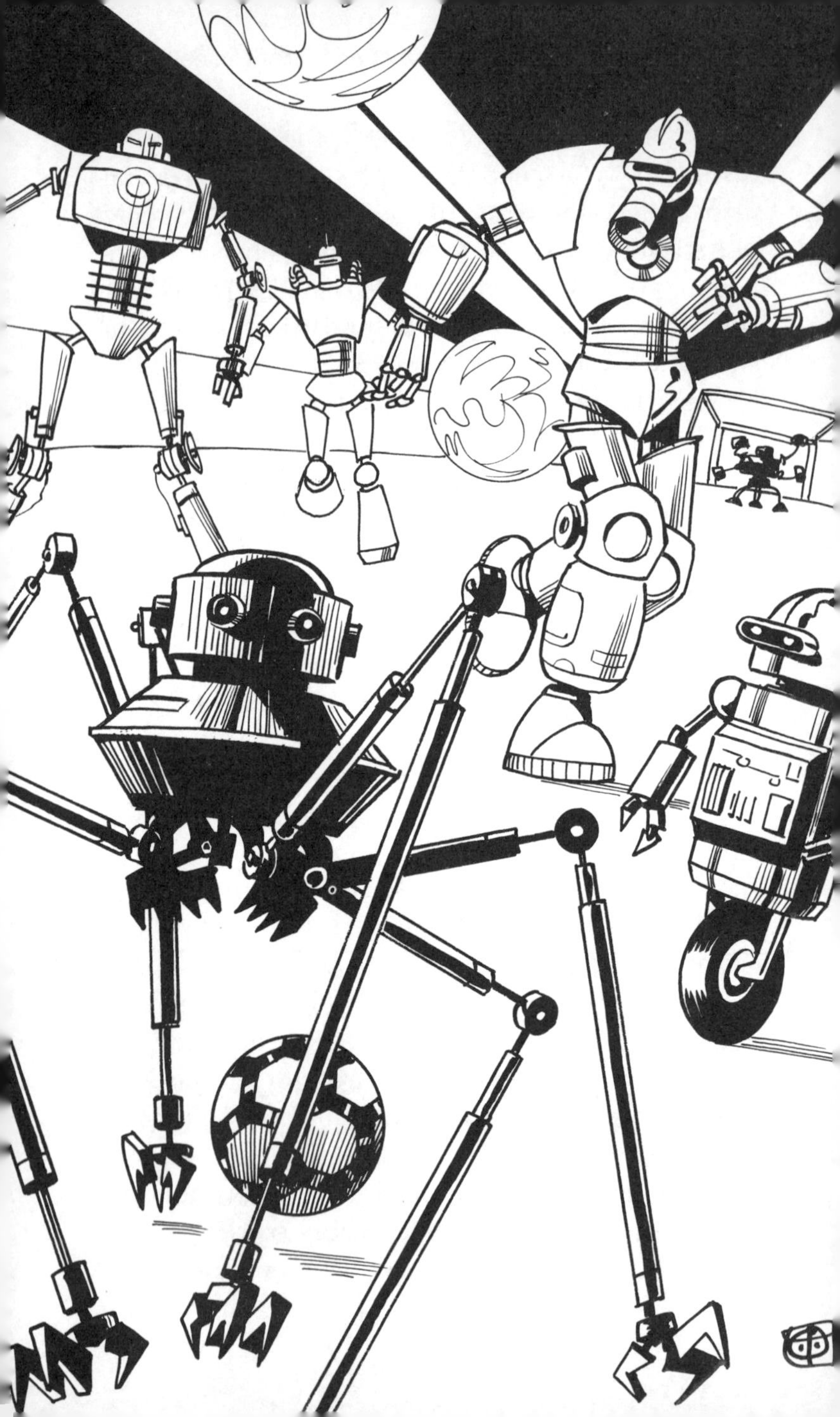

ailiers issus de l'équipe de Ligue 2 « Inter de Navigation ». Ce sont de simples droïdes, pas vraiment athlétiques, mais dont les logiciels anticipent à plus de deux secondes les mouvements adverses. Redoutables, ils font partie des plus chers du marché. Du coup, j'ai économisé sur l'arrière gauche, un ancien servant de « Défense AntiMissile », difficile à passer mais beaucoup trop lent et pataud en relance.

J'ai tout de même quelques doutes. En analysant certaines de mes nouvelles recrues, j'ai remarqué des « améliorations d'intelligence » illégales dans leurs circuits. J'ai préféré prévenir l'ordinateur afin de ne pas me retrouver pénalisé.

- 24 -

Dixième journée.

J'ai fait le bon choix. Depuis le remaniement de mon effectif, je me suis stabilisé en milieu de tableau. Je ne me suis incliné que deux fois contre des équipes qui me paraissent hors de portée, le « FC Sonde Neurale » et le « Racing Bombing ». Mes supporters ont retrouvé de la voix !

L'*Archange* a été approché par deux entités inconnues. Pour des humains, cet événement aurait été un choc, un véritable signe d'espoir. Pour nous, il ne s'agit que d'une perte de temps. Sous la pression des supporters et des entraîneurs, l'ordinateur principal a décidé de ne pas donner suite aux messages extraterrestres.

- 25 -

Mes soupçons ont été confirmés. Malgré les consignes de l'ordinateur principal, la plupart des joueurs – et cela dans toutes les ligues – ont été améliorés. Sur le terrain, ça sautait aux yeux ! On le remarquait à l'indépendance de leur comportement frôlant parfois la rébellion par rapport aux consignes de l'entraîneur.

L'ordinateur a donc officialisé cette pratique : dorénavant, tous les entraîneurs ont le droit de créer des « Intelligences Artificielles joueuses ».

Nous sommes nombreux à penser que cette décision aura de lourdes conséquences.

- 26 -

C'est un choc, l'un des matches les plus attendus : « Sporting Ninja Pacificatrix » contre « FC Infanterie 1re Ligne ». Un derby militaire avec deux rudes compétiteurs pouvant prétendre à la place de leader... D'un côté, les superbes machines à tuer ninjas, de l'autre, les combattants des premières lignes. Le summum de la précision contre la force brute, la finesse contre la rudesse, l'esprit contre le corps !!!... Bref, c'est un moment particulier dans notre championnat. Ce qui m'impressionne, ce sont les supporters : ce sont tous des militaires, de tous bords ! L'armement réuni ici anéantirait un système solaire ! Les premières microsecondes sont à l'avantage des ninjas. Ils sont trop rapides et trop précis, à la façon des Chirurgiens. À leurs pieds, les tonnes du ballon de métal sont réduites à quelques grammes. Ils le font danser, comme une plume, c'est superbe ! Les pauvres fantassins des premières lignes en sont réduits à n'être que de simples spectateurs de leur match. Mais les ninjas le savent ! Si l'infanterie est lente au démarrage, une fois lancée, on ne l'arrête plus. Et c'est à peu près ce qui se passe. Après avoir encaissé deux buts, la machine se met en marche. Au début de la deuxième mi-temps, le match est tout autre. Dans les vestiaires du « FC Infanterie 1re Ligne », les consignes ont été claires : on ne passe plus ! Du coup, le match se durcit. Malgré leur vivacité, les ninjas ne parviennent plus à s'approcher du but adverse. Ils sont stoppés et cela par tous les moyens. À la stupéfaction générale, un soldat lance-flammes arrière flambe l'un des ninjas qui essayait de le dribbler. Le ballon est perdu, mais est récupéré par un tank classe 4. Trois ninjas tentent l'encerclement. Ils sont balayés par la puissance du tank d'assaut. Alors, le gardien ninja commet l'irréparable : son poing nucléaire heurte la tourelle de commande du tank. Séché, le tank finit sa course contre le poteau. Le bruit de tôle déchirée est terrible. Deux fantassins font feu sur le gardien, au missile tactique. Les griffes des ninjas se mettent en action, réduisant les agresseurs en charpie. Dans les gradins, la situation est confuse. Des supporters ont sorti leurs armes. Une grosse

Science-fiction

fumée noire venant de la carcasse du tank envahit le terrain. Le taux de radiation augmente dangereusement au fur et à mesure que les joueurs entrent dans la bagarre. Soudain, il y a une grosse explosion et la retransmission est subitement coupée. L'alimentation de l'*Archange* vacille, s'éteint.

Avec le retour du son et de la lumière, nous apprenons que l'intégrité du vaisseau a été ébranlée, même si l'ordinateur central a pu ramener le calme (il lui a fallu malgré tout plus d'une heure !).

Trente-deux stades ont été contaminés et sont pour l'instant hors service. Soixante-deux sections du pont tribord de l'*Archange* ont été détruites, entraînant la disparition définitive de quatre-vingt-dix IA et de deux cent trois équipes (les Ligues 903 et 5 763 ont été ravagées).

La première conséquence de ce drame n'a pas tardé : le rétablissement de l'arbitrage.

Puisque les joueurs sont maintenant doués d'une conscience et sont aptes à prendre des décisions sur le terrain, il faut les contrôler. Dorénavant, l'arbitrage sera assuré par trois virus. Les fautes seront tolérées, pas les débordements. Les équipes « Sporting Ninja Pacificatrix » et « FC Infanterie 1re Ligne » ont été désarmées et reclassées : elles ont été affectées au service « Nettoyage du revêtement de la coque ».

Nous sommes choqués par ce qui s'est passé. Une pétition – que je signe – circule, dans laquelle chaque entraîneur s'engage à ne plus armer ses joueurs.

- 27 -

Mon club marche vraiment bien. Je suis une star. Je suis aujourd'hui en Ligue 2, à quelques matches de mon rêve, la Ligue 1, que je n'ai toujours pas pu accrocher. Depuis le Tournoi d'écrémage, il s'est passé du temps, quatre cent trois ans, huit mois, quatre semaines, dix jours exactement. J'ai été deux fois champion de Ligue 3, j'ai remporté plusieurs coupes inter service et, surtout, la Coupe de l'*Archange*, la compétition la plus prestigieuse après le championnat.

C'est vrai, mon équipe de basket se comporte moyennement. En natation, en athlétisme et en volley, je ne brille pas particulièrement. Je me suis cependant taillé une bonne réputation en rugby et en tennis. Je suis en train de travailler pour me lancer dans la boxe et les arts martiaux. Il me reste beaucoup d'athlètes à mettre au point (en gymnastique notamment) pour pouvoir espérer faire bonne figure aux prochains Jeux olympiques.

Mais rien… non, vraiment rien, ne m'excite plus que le football et mes solides, respectés, redoutables… électriciens du « Systèmes Électriques Propulsion 3B Football Club ».

Je me remets un coup de *L'électrique toujours devant…*

Mort à la mi-temps

de Patrick Cappelli
illustré par Dominique Rousseau

Le petit stade de Limourne est rempli à craquer. Les supporters ont fait le déplacement de toute la région. Certains sont mêmes descendus de Paris pour l'occasion. Tous se sont habillés de rouge et de vert : les couleurs du club.

Les fanfares font résonner des mélodies africaines en l'honneur d'Aboubacar Bakary, dit Bouba, la star de l'équipe provinciale, le joueur magique que lorgnent tous les grands clubs européens.

Le Real Madrid, Manchester United, la Juventus de Turin : les géants du football ont déjà fait des

Policier

offres phénoménales à Limourne. Mais le club ne lâchera pas facilement Bouba, sa petite perle noire. Et encore moins cette saison où tous ses espoirs reposent sur les jambes interminables et la pointe de vitesse de son attaquant vedette.

Le résultat de ce dernier match qualificatif pour la Ligue des Champions est de la plus haute importance : s'il gagne, l'AS Limourne connaîtra le grand frisson de la plus prestigieuse des compétitions européennes, et engrangera des millions en droits télévisés. Déjà, des sponsors de renom ont approché les dirigeants. En cas de victoire, ils se battront pour floquer leur marque sur les maillots des joueurs limournais.

Aujourd'hui, le club fonctionne avec le plus petit budget de la Ligue 1. Accéder à un niveau européen dans ces conditions serait un véritable exploit. Sauf si Bouba se surpasse... Sans lui, les autres joueurs, plutôt moyens, ont peu de chances d'y arriver. Le jeune prodige africain galvanise si bien ses coéquipiers qu'avec lui, c'est le visa assuré pour l'Europe, ou du moins la possibilité de briller devant les sélectionneurs du monde entier.

En face : le club d'Auxville, une ville distante d'à peine cent kilomètres de Limourne. Lui joue encore plus gros. Endetté, menacé de relégation par les instances de la Ligue nationale de Football qui réclament un assainissement de ses comptes dans le mois à venir, le club doit lui aussi gagner ce soir pour recueillir la manne financière de la Ligue des Champions. Même si les médias le donnent favori, l'enjeu est énorme : Auxville joue son maintien dans l'élite sur ce seul match ! Le club possède un des trois plus gros budgets du championnat, un effectif pléthorique avec stars européennes et sud-américaines, un entraîneur au palmarès prestigieux et un stade flambant neuf. Une vraie machine de guerre construite à coup de millions d'euros.

Dans le camp d'en face, seul Bouba, avec son génie du jeu et sa vitesse, peut espérer rééquilibrer les forces.

Le coup d'envoi est donné.

La tension est extrême. Les deux formations s'observent pendant le premier quart d'heure. Tout à coup, sur une passe longue, Bouba démarre à la limite du hors-jeu. En trois foulées immenses, il laisse sur place l'arrière central d'Auxville et se présente seul face au gardien adverse, qui tente de se jeter dans ses pieds pour récupérer le ballon. Mais Bouba l'évite d'un dribble parfait et pousse la balle au fond des filets. But !

Le stade explose de joie et les orchestres de supporters se déchaînent. Du côté limournais, tout le monde scande le nom du jeune joueur : BOU-BA ! BOU-BA !

Dans la tribune d'honneur, les dirigeants d'Auxville sont blêmes. Une défaite serait synonyme de désastre pour le club. Le président, Marcel Brun, fait même un léger malaise et doit être évacué quelques instants.

Policier

Totalement galvanisés par cet exploit, les joueurs limournais poussent, prêts à aggraver la marque. Mais, dans un sursaut d'orgueil, les vedettes auxvilloises se ressaisissent. Omerson, l'avant-centre brésilien, réussit un grand pont parfait sur le dernier défenseur limournais et trompe le gardien d'un tir à ras de terre. C'est au tour du camp visiteur de jubiler.

Neutralisées, les deux équipes regagnent le vestiaire au terme d'une mi-temps riche en émotion. Enchantés, les fans de Limourne se voient déjà européens et font résonner leurs chants de liesse. Soulagés par l'égalisation, les Auxvillois répondent par des tambours et des cris de provocation.

Au retour des vestiaires : coup de théâtre. Bouba ne fait pas partie des onze joueurs qui pénètrent sur le terrain ! Effarés, les supporters se regardent, bouche bée. Aussitôt, les rumeurs bruissent dans le stade : malaise à la Ronaldo lors de la finale de Coupe du Monde 1998 ? Ancienne blessure qui s'est réveillée ? Les spectateurs limournais, effondrés, ne peuvent que constater le désastre. Sans leur attaquant de pointe, les joueurs de Limourne, déboussolés, n'arrivent plus à franchir les lignes adverses. Et la sanction tombe, brutale : un deuxième, puis un troisième but, marqués par un adversaire soulagé de l'absence du jeune prodige.

Limourne perd le match 3-1. Le banc auxvillois exulte. Le président Brun, ragaillardi, saute de joie sur son siège. Tristes et défaits, les supporters limournais quittent le stade. Adieu l'Europe, adieu primes et contrats juteux, adieu stades de légende et ambiances de folie... Pourtant, s'ils connaissaient la vérité, ils seraient carrément horrifiés.

Car, dans les vestiaires de Limourne, c'est la panique !

Juste avant la reprise, Bouba s'est écroulé sur le banc. La respiration du jeune joueur paraît s'être arrêtée et son cœur ne bat plus. Affolé, le staff est allé chercher le médecin du stade qui a pratiqué un massage cardiaque sur le joueur inanimé. Quelques instants plus tard, c'est au tour du SAMU de tenter l'impossible avec du matériel de réanimation sophistiqué. Hélas, malgré les efforts soutenus des équipes médicales, le cœur d'Aboubacar Bakary, dit Bouba, refuse de repartir. Âgé de dix-neuf ans, le jeune espoir, promis à la gloire footbalistique, s'éteint sur le banc.

« Arrêt cardiaque » diagnostiquent les médecins[1].

Les membres de l'encadrement et les joueurs sont partagés entre chagrin et incrédulité. Les compagnons de Bouba, qui ont disputé la seconde mi-temps sans connaître la triste nouvelle, répètent, hébétés : « C'est pas possible, c'est pas possible ! »

---
[1]. Note de l'auteur : toute ressemblance avec le tragique accident survenu au joueur camerounais Marc-Vivien Foe en juin 2003 lors de la Coupe des Confédérations est fortuite. En effet, cette histoire a été écrite en mars.

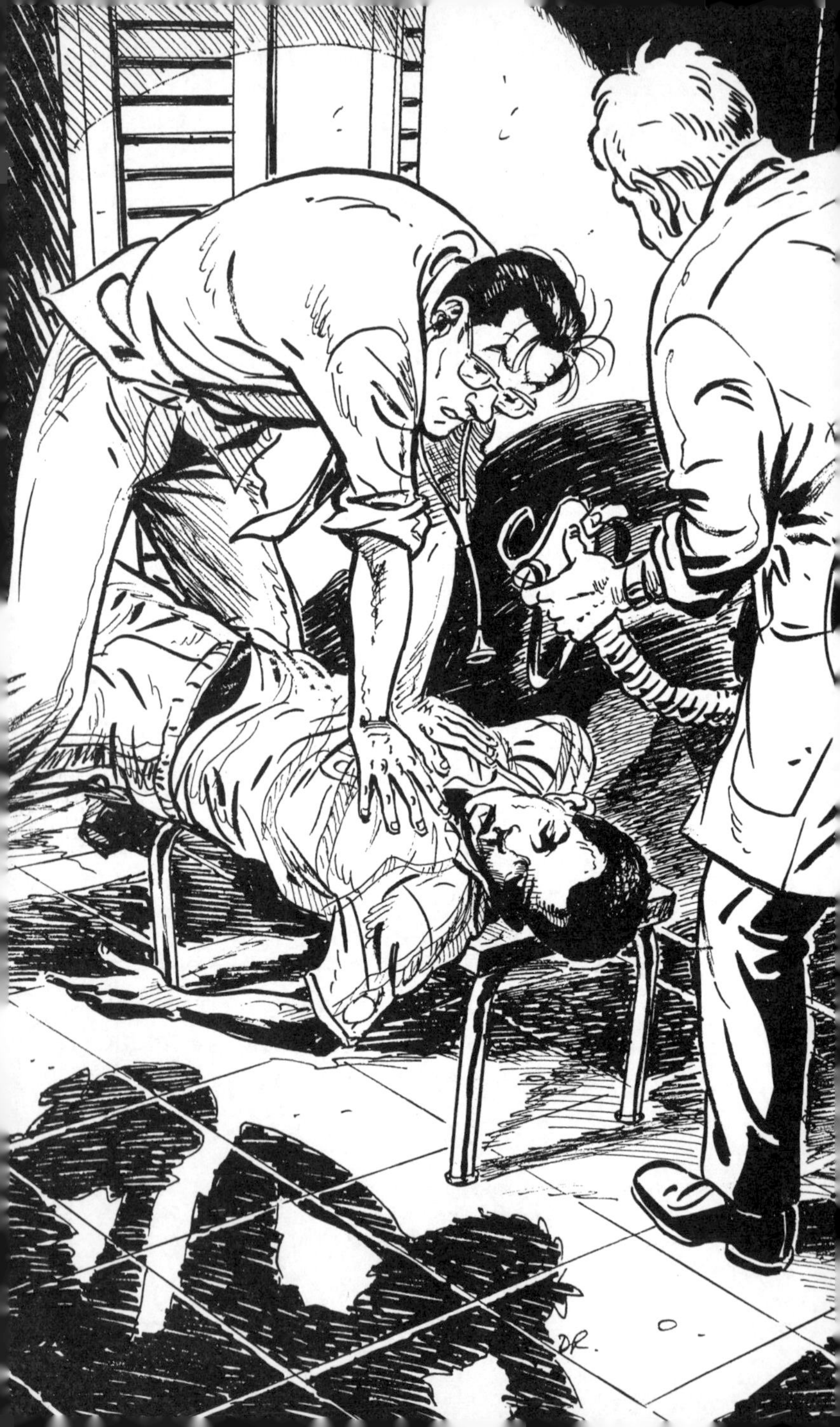
DR.

D'autant que Bouba était en pleine forme. Son récent examen de contrôle était excellent et, s'il avait eu une quelconque malformation cardiaque, elle aurait été détectée.

Soudain, un des soignants remarque une légère dilatation des pupilles. Habituellement, ce symptôme révèle la présence de drogue. Troublés et bien décidés à faire éclater la vérité, les dirigeants du club réclament une autopsie.

Elle a lieu trois jours plus tard et confirme l'existence de minuscules quantités d'aconitine[2] dans le sang du joueur décédé. C'est un poison dit « cardiaque » qui, administré en très faibles doses répétées, finit par tuer en paralysant le cœur. Sa présence est difficilement décelable et la mort a souvent l'air naturelle. C'est donc un assassinat, puisqu'il y a eu préméditation.

La consigne est donnée de ne rien révéler à la presse dont les représentants sont déjà arrivés de Paris, alléchés par le mystère de la mort subite de la jeune star limournaise. Jean Camparo, le président du club, préfère contacter en secret son cousin Paul Brouchard, inspecteur à la Criminelle, qui mènera discrètement une enquête, parallèlement à celle conduite par la police locale. Fan de foot en général et de Limourne, sa ville natale, en particulier, le policier n'hésite pas un instant. Il s'arrange

---
2. L'aconitine est une substance extraite d'une plante vénéneuse, l'aconit napel, employée en thérapeutique.

pour obtenir un congé exceptionnel et rejoint Limourne pour tenter d'élucider l'énigme du décès de Bouba.

À peine arrivé par le train express en provenance de Paris, Paul Brouchard se rend chez son cousin, Jean Camparo. Les deux hommes ne se ressemblent pas beaucoup. L'inspecteur est grand, bâti comme un rugbyman, le cheveu poivre et sel encore dru ; le dirigeant limournais est petit, trapu et chauve. Ils ont cependant le même regard clair qui peut devenir froid comme la glace.

Jean Camparo raconte en détail les circonstances du drame à l'inspecteur qui prend des notes.

– La première chose à trouver, c'est le mobile. Qui pouvait avoir intérêt à empoisonner ce pauvre Bouba ? Moi, je ne vois pas ; mais toi, Jean, tu connais tout le monde par ici. Réfléchis et donne-moi tes conclusions. En attendant, j'essayerai de savoir où l'on peut se procurer ce genre de substance.

Incognito – personne n'est au courant de sa présence hormis son cousin –, Brouchard commence à enquêter dans les ruelles de la cité qui l'a vu naître. En trente ans, la ville a changé, bien sûr. « Mais pas tant que ça », remarque l'inspecteur, qui reconnaît les principaux monuments, le quartier de la gare, celui de la cathédrale. Limourne n'a toutefois pas échappé à une certaine industrialisation. Dès les premiers faubourgs, des entrepôts de sociétés logistiques, des ateliers de conditionnement, des petites usines propres et fonctionnelles, témoignent de la vitalité du tissu économique limournais.

Cette activité n'a pas manqué d'attirer des populations d'ouvriers et de saisonniers, souvent étrangers. C'est ainsi qu'une petite communauté africaine s'est constituée. Et avec les travailleurs, sont arrivés les marabouts et autres sorciers, prompts à escroquer leurs compatriotes et à leur soutirer un maigre salaire contre des philtres magiques et des remèdes miracles. « De philtre à poison, la frontière est mince », pense Brouchard en observant les hommes en boubou et chapeau rond déambuler dans le petit quartier africain de la ville. Et si l'aconitine venait de ces appartements à moitié insalubres qui hébergent de soi-disant mages ? C'est une piste intéressante et l'inspecteur décide de la creuser.

Il pénètre dans un bistrot et commande un café. Accoudé au bar, il réfléchit à un stratagème pour entrer en contact avec les marabouts. À côté de lui, deux hommes discutent en agitant leur verre de bière.

– Je te le dis, Jeannot, je suis sûr que ma femme a une aventure. Elle est bizarre. Elle n'est plus comme avant.

– Mais non, Paulo, tu te fais des idées. Et puis, t'as des preuves ?

Policier

Brouchard n'attend pas la réponse de Paulo. Il paye son café et regagne sa voiture de location. Il tient son idée : il se fera passer pour un mari trompé qui veut se venger de sa femme infidèle sans se faire prendre et passer le reste de ses jours en prison. Donc, il va réclamer un poison indétectable. Si les sorciers lui proposent de l'aconitine ou un produit similaire, ce sera un bon début... Il appelle Camparo pour le tenir informé de ses démarches.

Puis il retourne dans le quartier africain et se promène devant les magasins de fruits et légumes qui proposent des denrées exotiques. Des restaurants aux façades colorées s'échappent de puissantes odeurs qui fleurent bon l'Afrique. Très vite, des rabatteurs lui tendent de petits bouts de carton vantant les mérites extraordinaires des maîtres magiciens. Il en récolte quatre en vingt minutes.

Toutes les réclames se ressemblent : le Grand Mage connaît les secrets de l'Univers, il guérit tout, fait revenir le conjoint infidèle, donne les bons numéros du Loto, apporte la réussite aux examens...

Brouchard s'attarde sur l'une des cartes de visite, bourrée de fautes d'orthographe.

Ibrahim, Très Grand Sorcié
spécialist des filtres et remedes.

« Celui-là semble bien. En plus, c'est à deux pas. Si j'allais rendre une petite visite à cet Ibrahim ? Ça m'a tout l'air d'être l'homme de la situation... », se dit l'inspecteur.

À l'adresse indiquée se trouve un petit immeuble aux murs sales. Des tissus bariolés pendent des balcons, et de la musique reggae s'échappe des fenêtres aux volets écaillés. Paul Brouchard pénètre dans la bâtisse et grimpe les marches de bois qui grincent sous son poids. Il doit un peu plier sa grande carcasse pour gravir le petit escalier en colimaçon qui le conduit à une porte couverte de signes cabalistiques. Il frappe deux fois et attend. Dix secondes plus tard, la porte s'ouvre toute seule, comme par magie. Brouchard n'est pas impressionné. Il connaît le truc : un simple fil presque invisible, très fin mais résistant, attaché à la clenche. Mais, pour certains clients plus naïfs, voilà déjà une preuve des pouvoirs du Grand Ibrahim.

La pièce est petite, sombre et enfumée.

Un incroyable bric-à-brac remplit les moindres recoins. Meubles massifs en ébène, masques grimaçants, tentures ornées de motifs géométriques, coussins et sofas entre lesquels trône une table basse, elle-même encombrée de bols, boîtes et gris-gris divers. Dont un bocal dans lequel macèrent un serpent et deux scorpions... Des bâtons d'encens brûlent un peu partout, produisant une fumée lourde qui stagne dans l'air.

À travers les volutes, l'inspecteur distingue une forme assise en tailleur sur le sol. Balayant du bras le rideau fumeux, il s'approche du Grand Ibrahim. C'est un petit homme, corpulent et jovial, dont la bouille souriante est ornée d'une barbe blanche et surmontée d'un bonnet noir. Sa bedaine se remarque malgré l'ample boubou bleu ciel qui le recouvre des épaules aux pieds. « On dirait que les affaires marchent », sourit intérieurement Brouchard.

L'homme lui fait signe de s'asseoir. L'inspecteur cherche un siège du regard, mais ne trouve que quelques vieux tapis. Résigné, il soupire, s'assoit en tailleur, repliant difficilement ses longues jambes.

Le marabout l'observe, toujours souriant.

– Alors monsieur, que venez-vous chercher ? demande-t-il sans une once d'accent africain. Non, ne dites rien ! ajoute le sorcier en levant la main et en fermant les yeux. Je vois une femme... votre femme...

« Pas difficile de savoir que je suis marié : mon alliance se remarque assez », pense ironiquement l'inspecteur. Mais il joue le jeu, prend un air effaré et répond :

– Oui, c'est ça, je viens pour elle. Comment avez-vous deviné ?

– Ibrahim connaît les choses secrètes. Il peut percer les ténèbres de l'avenir. Il peut résoudre tous vos problèmes, récite le mage, parlant de lui à la troisième personne. Votre épouse vous trompe, c'est ça ? Et vous voulez un moyen de la faire revenir au domicile conjugal ?

– Euh, oui... Enfin, pas exactement. En fait, elle a brisé ma vie, je veux me venger. Je veux qu'elle disparaisse ! Euh, discrètement, vous comprenez ? Je ne souhaite pas finir mes jours en prison.

Brouchard est bien entré dans son personnage, à la fois veule et aigri. En face de lui, l'homme a perdu son sourire et son regard s'est durci.

– Je vois. C'est une affaire sérieuse. Veuillez attendre un instant.

Le petit homme rond se lève souplement et passe dans une autre partie de l'appartement. Pendant son absence, Brouchard observe les lieux.

« Ce type est bien louche. S'il est le fournisseur du poison, ce ne sera pas difficile de lui faire cracher le nom du commanditaire. Exercice illégal de la médecine, possession de substances dangereuses... »

Le marabout revient, un petit sachet rempli d'une poudre blanchâtre à la main.

– Avec ça, votre vengeance sera totale. Une petite dose tous les jours et l'infidèle disparaîtra. Pas de trace, pas d'indice !

L'inspecteur de la Criminelle est bluffé par le culot du mage.

« Cet homme me vend un poison mortel, comme si c'était une simple tisane. Soit il est totalement irresponsable, soit il se moque de moi... », pense Brouchard. Mais il ne montre pas ses pensées et accepte le sachet.

– Vous êtes sûr qu'il n'y aura pas de problème ? demande-t-il d'un ton faussement apeuré.

– Le Grand Ibrahim ne ment jamais. Satisfaction garantie !

– Bon. Et c'est combien ?

– Trois mille.

Policier

— Trois mille euros ?
— Bien sûr. Pas des francs CFA[3] !
— C'est cher, grogne le pseudo mari trompé.
— Cher ? Pour se débarrasser de votre femme en toute sécurité... Si vous préférez, vous pouvez engager un mercenaire, mais ça risque d'être encore plus coûteux. Et bien plus dangereux... sourit le mage.
— Je n'ai pas cette somme sur moi.
— Repassez quand vous l'aurez.
— D'accord.
Le faux client prend congé du Grand Ibrahim. Il contacte son cousin :
— Trouve-moi trois mille euros, note les numéros des billets, on les récupèrera plus tard.
— L'enquête avance ? Tu as une piste ? s'enquiert le président du club de Limourne.
— Peut-être...
L'inspecteur préfère ne rien révéler de sa visite chez le marabout, de peur de susciter de faux espoirs.

Paul Brouchard récupère l'argent, retourne chez l'Africain et l'échange contre la poudre qu'il envoie pour analyse à l'un de ses amis du laboratoire toxicologique de la Brigade Criminelle, à Paris.

---
[3]. Monnaie de la Communauté Financière d'Afrique. Un euro équivaut à 655,96 francs CFA.

Deux jours plus tard, il reçoit les conclusions : de la farine et quelques extraits de plante, rien de dangereux. Au pire, le prétendu poison du Grand Ibrahim provoque des diarrhées.

« Trois mille euros, ça fait cher du laxatif ! », pense le policier.

Il n'est pas vraiment déçu car il flairait l'arnaque. Quelqu'un qui possède et vend un produit mortel ne peut être aussi décontracté. En fait, si le client porte plainte, on ne peut rien reprocher au Grand Ibrahim, si ce n'est de profiter de la naïveté des gens ! En principe, celui qui achète ce genre de substance se garde bien d'aller voir la police...

« Bon, retour à la case départ », songe l'inspecteur.

Il décide de reprendre l'affaire en partant du seul indice qu'il possède : la présence d'aconitine dans le sang du pauvre Bouba.

Il fait à nouveau appel à son camarade du labo à Paris et lui demande les coordonnées de toutes les sociétés susceptibles de produire ou d'utiliser de l'aconitine.

Quelques heures plus tard, un fax arrive sur la ligne de son cousin avec les noms de deux entreprises chimiques qui fabriquent la molécule et de trois pharmaciens homéopathes qui l'utilisent pour préparer des potions relaxantes.

Il commence par visiter les officines. Aucun des pharmaciens n'a concocté de breuvage à base d'aconitine depuis plus d'un an et n'en possède en stock. Reste à enquêter dans les deux sociétés.

Brouchard appelle la première, le laboratoire B&A dont le siège est à Auxville, en se faisant passer pour un pharmacien qui voudrait acheter diverses substances, dont l'aconitine.

– Nous avons cessé toute production depuis des mois. Il n'y a pas de demande, ou alors en trop faible quantité pour que ce soit rentable, lui explique le directeur commercial.

Il obtient la même réponse de la part de la seconde entreprise.

« Pourtant, le tueur a bien trouvé ce poison lent quelque part », s'énerve l'inspecteur.

« Ce genre de substance n'est pas commune. À moins que ses interlocuteurs ne lui aient menti. Mais pour quelle raison ? Ça ne tient pas debout », se dit Brouchard en rejoignant son cousin au club.

– Alors ? demande Jean Camparo, anxieux de savoir si le policier a une piste.

Le dirigeant ne se remet toujours pas de la mort de son joueur vedette, un garçon si talentueux. Il pense avant tout au jeune homme. La défaite et les conséquences financières sont pour lui secondaires. Seuls comptent le drame et la découverte du meurtrier. « Mais qui a pu commettre un acte aussi lâche ? Tout le monde aimait Bouba, il n'avait aucun ennemi », réfléchit le président en attendant la réponse de l'inspecteur.

– Hélas, Jean, je n'avance pas. Il ne reste qu'une solution : interroger les membres de l'équipe.

– Pourquoi ? Tu penses que...

Effondré, le président n'ose envisager la suite.

– ... quelqu'un du club a tué Bouba ? Je n'en sais rien. Mais pour administrer le poison, il fallait être en contact direct et quotidien avec les joueurs. N'oublie pas qu'on a introduit des doses répétées dans la nourriture ou la boisson de Bouba. Qui aurait pu le faire, si ce n'est quelqu'un du staff technique ? Ces hommes côtoient les joueurs pendant toute la saison, s'occupent de leur préparation physique, des conditions de logement lors des déplacements... Bref, ils sont les mieux placés pour accomplir cette action simple : verser tous les jours quelques gouttes d'un produit dans les aliments d'un footballeur.

– Bon, je vais convoquer tout le monde pour que tu puisses les interroger, tant pis pour ton anonymat. Il faut accélérer les choses. Ce crime ne restera pas impuni. Je le dois à la mémoire d'Aboubacar.

Réunis dans la salle de conférence du club, les huit employés attendent. Ils ne connaissent pas réellement la raison de cette convocation, mais se doutent bien qu'il y a un rapport avec le récent décès de la star limournaise.

Silencieux, mornes, tous sont encore sous le choc. Ils avaient appris à aimer Bouba, un joueur toujours joyeux, presqu'un enfant encore, et jamais méprisant malgré les sollicitations diverses et les compliments qui pleuvaient. D'autres auraient pris la grosse tête, pas lui ! Sur le terrain, c'était un vrai

Policier

patron, organisant les offensives, donnant de la voix. Mais dans les vestiaires ou à l'entraînement, c'était un adolescent timide.

– Bonjour à tous, commence le président Camparo. Voici Paul Brouchard, mon cousin, inspecteur à la Brigade criminelle de Paris. Il a bien voulu prendre sur son temps pour nous aider à résoudre l'énigme de la mort de ce pauvre Bouba. Vous avez tous entendu les rumeurs et les bruits qui courent, notamment qu'Aboubacar n'est pas décédé naturellement. C'est vrai. Quelqu'un lui a administré un poison lent qui a fini par bloquer son cœur. Pour que le décès semble normal, il faut distiller cette substance par toutes petites doses. Donc avoir accès tous les jours au joueur et à ce qu'il boit et mange. Voilà, je sais que c'est dur. Paul va vous interroger individuellement pour établir la vérité. Je vous demande de coopérer et de répondre le plus sincèrement possible à ses questions, pour la mémoire de Bouba et pour que son meurtrier ne reste pas impuni.

Le président Camparo termine son discours avec une sorte de sanglot dans la voix. Pendant qu'il parlait, Brouchard, adossé au mur du fond, observait tous les hommes présents de son regard clair, soudain devenu dur et perçant comme un rayon laser.

Expressions faciales, tics, gigotements, suées : il n'a rien manqué des manifestations externes tout au long des paroles du président de l'AS Limourne.

Il sait bien que ses interrogatoires ne donneront rien : si le coupable est ici, il n'avouera certainement pas lors d'une simple conversation. Et puis, il a dans l'idée que le commanditaire de l'acte n'est pas dans la pièce. Imaginer un tel meurtre nécessite de connaître les propriétés du produit, la manière de s'en procurer (ce qui ne semble pas facile), et de maîtriser le dosage pour qu'il soit indétectable. D'ailleurs, si le médecin n'avait pas repéré une très légère dilatation des pupilles de Bouba, tout le monde aurait conclu à la crise cardiaque. Et alors, pas d'enquête...

« Au mieux, nous allons démasquer un exécutant, mais qui pourra nous livrer le vrai coupable », estime Brouchard tout en scrutant les huit hommes. Son cerveau de policier est habitué à ces observations minutieuses et il n'a pas besoin de prendre des notes. Il sait déjà des choses rien qu'en étudiant les suspects. Puis, il s'enferme avec chacun d'eux durant quelques minutes et leur pose des questions de routine pour savoir s'ils côtoyaient Bouba régulièrement. Avant de laisser partir les suspects, il vérifie leurs emplois du temps des dernières semaines.

Une fois les techniciens, un peu secoués, repartis à leurs tâches respectives, il convoque Camparo pour un débriefing.

– Alors ? s'enquiert nerveusement le président. Tu as une idée ?

– Oui, je crois bien. Écoute Jean, je vais faire semblant de rentrer à Paris, sous le prétexte de vérifier certains indices à la Criminelle. Tu vas m'accompagner à la gare avec d'autres membres

Policier

de l'équipe de direction, pour que tout le monde le sache. Mais je descendrai au premier arrêt, où m'attendra une voiture de location. Je reviendrai pour planquer incognito devant le domicile de quelqu'un que j'ai repéré.

– Qui ? Dis-moi qui est ce salopard que je...

– Tut, tut, doucement cousin. Je comprends ta colère, mais j'attends d'en d'être certain. Si tu sais, tu ne pourras pas t'empêcher de le regarder bizarrement, ça pourrait éveiller ses soupçons, il va devenir méfiant et tout sera fichu ! Car, pour moi, ce suspect n'est qu'un comparse. Le véritable responsable est ailleurs. Maintenant que j'ai donné un coup de pied dans la fourmilière, je te parie que notre homme va s'empresser d'aller voir son complice, l'organisateur de la machination. Peut-être pour demander une rallonge... Donne-moi juste un listing avec les coordonnées de tous les présents, je me débrouillerai seul ensuite. Fais-moi confiance, j'ai autant envie que toi de confondre le meurtrier.

Tout se passe comme prévu par l'inspecteur. Il se rend à la gare avec sa valise, entouré du président de l'AS Limourne, du vice-président, du secrétaire général et de l'entraîneur.

« Bien, se dit Brouchard. Avec tout ce tintouin, notre homme va vite être au courant de mon départ à Paris. Et, s'il se dévoile, je serai là. »

La nuit trouve l'enquêteur sur un parking d'immeuble, installé dans une voiture d'un modèle très répandu. Il a dégoté un endroit stratégique, d'où il peut observer les allées et venues à la jumelle, sans être repéré.

« Et me voilà reparti en planque. Ça me rappelle ma jeunesse… », sourit Brouchard.

Cependant, après plusieurs heures, l'inspecteur se souvient des inconvénients des planques en solitaire. Comme personne n'est là pour vous relayer et que les suspects prennent toujours un malin plaisir à sortir pendant les quelques minutes où vous vous êtes assoupi, il faut se débrouiller avec les moyens du bord. Café et cigarettes pour ne pas s'endormir, bouteille plastique pour uriner, radio en sourdine pour s'occuper l'esprit. Bref, la panoplie complète de l'enquêteur !

La première nuit se passe sans que le suspect ne mette le nez dehors. Au petit matin, l'inspecteur abandonne la place pour aller dormir dans un petit hôtel, situé à une dizaine de kilomètres de là. Il est persuadé que si l'homme bouge, ce sera de nuit. Plus discret pour une réunion au sommet.

Le troisième soir, Brouchard est toujours à son poste, scrutant la façade de l'immeuble. Soudain, les fenêtres de l'appartement qu'il surveille s'éteignent. Deux minutes plus tard, l'individu quitte le bâtiment et le contourne pour se rendre sur le parking situé à l'arrière. Il en ressort au volant de son véhicule. Brouchard le laisse prendre un peu d'avance puis le suit à bonne distance.

La voiture du membre de l'équipe sportive emprunte la route nationale et se dirige vers l'ouest. L'inspecteur laisse trois véhicules entre lui et son suspect. Celui-ci n'a pas vraiment de raisons de se méfier, puisqu'il le croit rentré à Paris. Néanmoins, Brouchard reste prudent, l'homme doit être sur ses gardes. En fait, il semble pressé et roule plus vite que la vitesse autorisée.

« Pourvu que les gendarmes ne l'arrêtent pas pour excès de vitesse », pense l'inspecteur. Heureusement, aucun représentant des forces de l'ordre n'est de sortie ce soir-là, et l'homme et son suiveur arrivent à Auxville.

« Tiens, tiens, la ville du club adverse ! »

L'homme traverse le centre, gagne la zone industrielle et se gare sur le parking désert d'une usine pharmaceutique. L'inspecteur s'arrête dans une ruelle pour éviter d'être repéré. Le coin est peu fréquenté à cette heure tardive. Il parvient à distinguer le nom de la société qui s'étale en grosses lettres argentées sur le fronton du bâtiment : Établissements L&A.

Il fait immédiatement le lien : il s'agit de l'une des deux sociétés qu'il a contactées précédemment au sujet de l'alcaloïde végétal.

« Les pièces du puzzle commencent à se mettre en place... »

Sur l'étendue de béton qui sert de parking aux employés de l'usine, seuls deux véhicules sont visibles. Celui du suspect et une limousine noire aux vitres fumées. Grâce à ses jumelles, Brouchard déchiffre le numéro d'immatriculation, qu'il note aussitôt. Pendant ce temps, l'homme est entré dans la berline. Il en ressort dix minutes plus tard, une enveloppe de papier kraft bien remplie à la main.

« Une rallonge ! C'est bien ce que je pensais. »

Les deux voitures s'éloignent l'une de l'autre. L'inspecteur prend son téléphone portable et prévient le commissariat de Limourne. Les policiers locaux seront là pour appréhender le suspect à son arrivée chez lui.

Brouchard lui-même rentre à Limourne pour assister à l'interrogatoire. Bien sûr il n'a pas de mandat puisqu'il a agi en dehors de son service. Mais, depuis ses débuts au commissariat limournais, il a gardé des relations avec certains policiers. Avec le numéro d'immatriculation, il leur sera très facile de retrouver le propriétaire de la limousine. Et l'inspecteur a déjà sa petite idée quant à l'identité du commanditaire.

— Oui, c'est moi, j'avoue. Prostré mais soulagé, l'employé n'essaie pas de nier sa complicité dans le drame.

Une épaisse liasse de billets de cent euros a été extraite de l'enveloppe. C'est le prix de son forfait.

— Mais je ne savais pas que c'était un produit mortel. Je le jure sur la tête de mes enfants ! J'aimais Bouba, comme tout le monde à l'AS. Il m'a dit que ça allait le ralentir, pas le tuer ! Sinon, jamais je n'aurais fait ça, jamais, je le jure sur la tête...

– ... de tes enfants, je sais ! répond l'inspecteur, qui croit à la sincérité de l'homme. Au fait, c'est qui ce « il » ? demande un des policiers locaux.

– Ça ne serait pas le président Brun, par hasard ? interroge Brouchard, répondant à la place de l'homme.

L'accusé le regarde avec des yeux ronds.

– Oui, oui, c'est lui. Mais comment...

– Pas très difficile à déduire. Seul un chimiste, ou un pharmacien de formation, pouvait connaître les propriétés de l'aconitine. Et seules deux sociétés en produisent, dont celle que possède Marcel Brun. En fouillant dans les comptes du club ou de l'entreprise, ou peut-être des deux, on trouvera certainement la vraie raison de cet acte désespéré.

D'ailleurs, j'ai vérifié et le numéro du véhicule correspond. La limousine appartient bien au président d'Auxville. Je crois qu'il est temps d'aller lui faire une petite visite, conclut l'inspecteur.

Arrêté à son domicile, le président Brun ne fait aucun effort pour cacher la vérité. Oui, c'est vrai, il a inventé toute cette machination pour remettre à flots son entreprise. Car les achats de stars étrangères, les sorties en boîtes de nuit huppées avec ses joueurs vedettes, l'acquisition d'un jet privé pour les emmener plus vite sur les stades européens… Bref, sa folie des grandeurs a fait plonger les comptes du club, qu'il a renfloués secrètement avec les bénéfices de l'usine. Résultat : un club en instance de relégation et une société au bord du dépôt de bilan.

C'est lorsqu'il a retrouvé par hasard un peu d'aconitine en faisant un inventaire des stocks qu'il a eu l'idée d'en administrer doucement au meilleur joueur de Limourne. Son intention première, comme il l'a expliqué en toute bonne foi à son complice, était seulement de faire baisser l'extraordinaire pointe de vitesse et d'amoindrir les réflexes de Bouba pour s'assurer de la victoire finale, synonyme d'Europe. Et sauver ainsi club et entreprise. Hélas, Marcel Brun, chimiste de formation, n'a pas pratiqué depuis trente ans ! Il a mal dosé le produit et cette tragique erreur a causé la mort de l'espoir africain. Et sa propre perte.

Épilogue

Suite aux révélations de la police limournaise (le rôle occulte de Brouchard a été passé sous silence), le président Brun est incarcéré ainsi que son acolyte. Le club d'Auxville est rétrogradé. La victoire est accordée à l'AS Limourne. Les joueurs jurent de tout faire pour gagner le trophée et le ramener dans le village natal de Bouba, au Sénégal.

Immortel

d'Emmanuel Viau
illustré par Christophe Quet

C'est à la première rencontre que j'ai senti qu'il se passait quelque chose de bizarre avec ce gars-là.

À cinquante-neuf ans dont trente-trois passés au service des sports du *Magazine Sportif*, ce n'est pas me vanter que de dire que je pense avoir du flair dès qu'il s'agit de « ressentir » quelqu'un, sportivement parlant.

Or, Siudù, dès notre première poignée de main, m'a laissé une drôle d'impression.

C'est un petit jeune d'à peine dix-sept ans, sorti d'un club roumain inconnu. Aujourd'hui, la crème du football européen se l'arrache.

Fantastique

André, mon vieux copain et indicateur dans le milieu fermé des vestiaires, ancien kiné de l'équipe de France, m'avait mis au parfum dès le début. Quand il est rentré de Roumanie (où il a des contacts pour entraîner un petit club de province), j'ai été le premier qu'il a appelé.

Il m'a dit texto :

– Tu veux un scoop ? Siudù… le petit Roumain, c'est un pro, un dur, un vrai. Vas-y, débrouille-toi comme tu veux, mais il faut que tu le rencontres. Dans deux ans, il sera inapprochable. C'est le nouveau…

Il n'a pas prononcé le mot « dieu » mais, dans l'émotion de sa voix, j'ai senti que c'était tout comme. André est à la retraite. Cela ne veut pas dire qu'il est inactif, ni que son cerveau part en lambeaux. Quand lui, André Lorguet, dit d'un joueur *c'est un pro, un dur, un vrai*, c'est que le joueur en question est de la trempe « internationale +++ ». D'entendre sa voix trembler comme cela, ça m'a fait vraiment tout drôle.

Alors, je suis allé voir Jean-Christophe, mon rédac'chef. Je lui ai dit, de but en blanc :

– Bon. Il me faut un aller-retour pour Bucarest et une réservation dans un hôtel en Transylvanie, pour une semaine.

Il a rigolé.

– Je veux bien te payer un week-end dans un motel à Metz. Pas plus loin. Tu te débrouilles.

Les choses étant ce qu'elles sont, le journal ne marche pas bien : pas de rentrées publicitaires, de

Immortel

moins en moins de lecteurs. Bref, on ne va pas payer un séjour d'une semaine à un journaliste à deux doigts de la retraite, sauf peut-être pour rencontrer Ronaldo !

Mon rédac'chef, un petit dur sorti d'une école de journalisme, rajoute :

– Avec Internet, tu trouveras toutes les infos que tu veux sur la Roumanie.

« Crétin, pensé-je, je ne sais pas me servir d'Internet et ce n'est pas la Roumanie que je veux rencontrer. C'est un homme. »

Je l'ai rencontré. Je suis allé là-bas, dans cette petite ville oubliée de tous, au milieu de la Transylvanie. J'y suis allé en payant tout moi-même, sur mes économies et mes congés annuels que je ne prends jamais. Et j'ai vu le nouveau prodige du foot.

André n'était pas loin de la vérité : Siudù est un dieu !

Et je n'écrirai rien sur lui. Juste cette histoire, la mienne. Je la laisse bien en évidence, chez moi. Quand on retrouvera mon corps…

Aujourd'hui, je fais tout ce que je peux pour éviter que ce type vienne en France. Qu'il reste là-bas, qu'il n'en bouge pas, qu'il y crève ! Je passe des coups de fil, je préviens des gens. Mais on me rit au nez.

J'aimerais bien que cette douleur dans la poitrine se calme, enfin. Mais je sais qu'elle continuera. Un jour, demain, la semaine prochaine ou dans deux mois, il y aura un élancement plus fort que les autres…

C'est donc à notre première rencontre que j'ai senti qu'il se passait quelque chose de bizarre avec Siudù. C'était à la sortie des vestiaires de Mondzov, après le match Mondzov contre Sibiu comptant pour le championnat roumain. Siudù lui-même, le héros du match (il a marqué quatre buts au pauvre gardien de Sibiu !), m'a accueilli.

– Vous êtes le journaliste français ? Cela me fait tout drôle de savoir que l'on a parcouru tout ce chemin pour me voir. Comment est votre hôtel ?

Son français était impeccable, avec un très léger accent.

Cela ne m'arrive pas souvent, mais je suis resté tout bête. Je m'attendais à voir un gamin à peine sorti de l'adolescence, que le monde du foot pro n'a pas encore contaminé, un jeune chien fou, timide et arrogant à la fois. Et je me retrouvais avec un gars à l'assurance étonnante, parlant comme un professeur d'université.

Dans le même temps, j'ai tout de suite compris qu'il affolerait les foules. C'est mon don, je l'ai dit, de pouvoir ressentir les personnes que j'ai en face de moi. Il y avait du Beckham en lui… du Trézeguet… et du Vieri.

Jeune, beau comme un cœur, à l'aise à l'oral, doué d'un talent unique... André ne s'était pas trompé : Siudù était fait pour le football européen.

J'avais une semaine à passer avec lui. Le jeune Roumain avait souscrit à toutes mes demandes. Aussi allé-je pouvoir le suivre, pendant les matches bien sûr, mais aussi à l'entraînement et dans l'intimité des vestiaires.

Il avait tout accepté, donc. Et je me disais qu'avec un reportage comme celui-ci, je partirais à la retraite en beauté, avec un scoop et un témoignage unique. J'avais ma caméra numérique ; sûr et certain que je pourrais même ramener des images à une ou deux chaînes de télé.

Je lui souris et répondis quelques banalités.

Je lui serrai la main et le regardai dans les yeux. Il n'y a que comme cela que vous pouvez savoir qui est en face de vous : un regard fuyant, c'est que vous gênez votre interlocuteur et que, d'une façon ou d'une autre, il va mentir. Quand on est journaliste, on le sait. Un regard franc et direct peut être interprété en positif et en négatif : le regard franc de la bonté ou celui du mépris.

Dans le regard de Siudù, il y avait seulement de la curiosité.

Pourtant, comme la froideur de ses mains, celle de ses yeux me glaça le cœur, littéralement, sans que je ne puisse expliquer pourquoi. Je bafouillai quelque chose dont je ne me souviens plus.

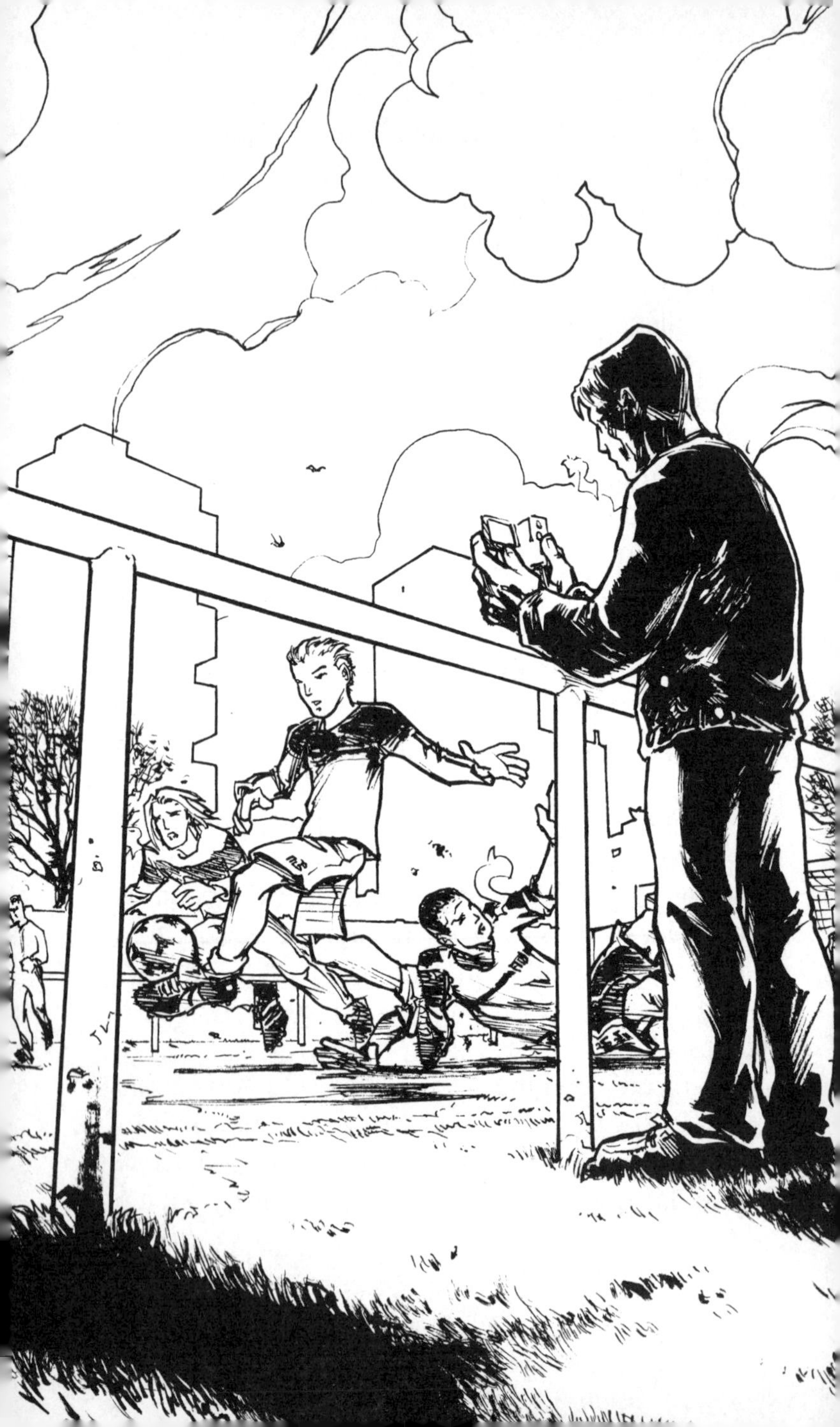

Les premiers jours passèrent normalement, l'enchaînement traditionnel : entraînement-repos-match-debriefing-entraînement, etc.

Le club de Siudù évoluait dans l'équivalent de notre Ligue 2. Après avoir assisté à deux matches, un amical et un officiel, il m'apparut que Mondzov n'était pas à sa place. Les équipiers du jeune prodige manquaient de technique et de discipline. Leurs lacunes physiques me frappèrent spécialement. Un peu avant la moitié de la seconde mi-temps, les gars laissèrent filer le match, perdant les duels, incapables de poursuivre un effort plus de vingt secondes d'affilée. Je n'avais pourtant pas l'impression qu'ils forçaient dans le début du jeu.

Non, si Mondzov en était là, c'était grâce au talent de Siudù. Il évoluait en milieu de terrain, sans spécialisation particulière car il maîtrisait toutes les faces du football moderne. En défense, il taclait et relançait à merveille. En attaque, il dribblait en laissant ses adversaires – et ses coéquipiers ! – sur place. La précision de ses passes, de ses centres, de ses transversales, de ses tirs était assez ahurissante. À tout ça s'ajoutaient son sens du placement, ses anticipations, ses décalages, sa vision du jeu... Sa jeunesse faisait le reste : malgré de gros efforts physiques du début à la fin, il finissait toujours la rencontre en beauté. Ce type avait une capacité de récupération énorme ! Bref, Siudù, c'était un morceau de foie gras au milieu d'un tas de pâtée pour chien. Le rêve pour un entraîneur ! Grâce à lui, la pâtée pour chien tenait sa place en

Fantastique

milieu de tableau de la seconde division roumaine.

À l'issue de l'un de ces matches (de très pauvre qualité, il faut bien le dire), je discutai avec son entraîneur, puis avec un ou deux de ses coéquipiers. C'est à partir de ce moment-là que je me suis posé des questions.

L'entraîneur et les joueurs avaient cet air absent des gens qui ont forcé sur... enfin sur le « turbo » comme on dit. Grillés de la tête par une consommation étudiée de substances chimiques. On voit ça chez les boxeurs, les vieux, ceux qui se sont pris trop de coups, ceux qui ont le cerveau sonné. Ou alors, chez les drogués. L'air absent, les réponses un peu hors sujet, la voix éteinte.

J'appris malgré tout que Siudù avait été engagé au début de l'année, qu'il s'était présenté un beau jour pour les tests de qualification qu'il avait évidemment passés haut la main, à quinze ans à peine. J'appris aussi qu'il était en passe d'être recruté par un club ukrainien. En revanche, ni l'entraîneur ni ses copains ne purent me dire d'où il venait.

Le même soir, dans mon hôtel un brin pourri, je commençai à noter mes premières impressions dont je me servirais pour la mouture finale de mon reportage.

Le lendemain, je provoquai une discussion franche avec Siudù.

En quatre jours, je n'avais pas appris grand chose sur ce type : il jouait comme un dieu et c'était tout ! Malgré sa franchise, il ne me racontait rien sur lui, sur son passé, sur ses rêves... Alors, je commençai l'entretien – c'était dans un petit café de village – en lui demandant ce qu'il faisait à Mondzov.

– Vous ne croyez pas que vous perdez votre temps, ici ? lui lançai-je.

Il eut un petit sourire tranquille.

– Non. Je prends des forces, voyez-vous.

Ce n'est que beaucoup plus tard que je compris le sens de cette phrase. Sur le moment, elle me sembla très mystérieuse.

– Des forces ?

– Oui, je m'entraîne, j'apprends !

– D'après ce que je vois, ce sont plutôt les autres qui ont à apprendre de vous !

Il ne répondit rien. J'enchaînai :

– Vos copains du club ne m'ont rien dit de ce que vous faisiez avant Mondzov. Où jouiez-vous ? Que faites-vous quand vous ne jouez pas au foot ? Avez-vous des amis, des parents ? Pourrai-je les rencontrer ?

Ce n'était pas dans mes habitudes de lâcher une salve de questions comme cela. Mais ce type m'énervait. C'était un ado. J'avais une quarantaine d'années de plus que lui, et il se payait le luxe d'éviter mes questions en me narguant avec un petit sourire narquois !

Il se leva.

– Suivez-moi, je vais vous montrer où j'habite, me dit-il.

Un lit, une table, deux chaises, un lavabo, une bibliothèque remplie de livres... c'était son chez lui : une chambre misérable dans une petite ferme de la banlieue de Mondzov.

— Euh... votre club n'a pas les moyens de vous payer plus ? m'étonné-je.

— Si. Mais j'économise. Je ne passerai pas le reste de ma vie ici. Pour bouger, pour être libre, il me faut de l'argent.

Je restai un petit moment à regarder sa collection de bouquins. Là encore, je fus scié. Ce qui me mit la puce à l'oreille, ce fut ce livre en portugais caché derrière une rangée de vieux journaux.

— Vous lisez le portugais ? dis-je.

Pour la première fois depuis que je le connaissais, il eut l'air gêné.

— Oui... Non, c'est un cadeau. Je ne l'ai jamais ouvert.

Il mentait : le bouquin, corné et taché, avait dû être lu plusieurs fois. Il datait des années 1970 et était principalement consacré au football brésilien de cette époque, quand Pelé était le roi sur Terre.

Voir ce livre fit remonter un vieux souvenir dans ma mémoire : un article paru dans la presse française – je n'étais alors qu'un jeune journaliste sportif – concernant l'histoire d'un club brésilien de seconde zone, surnageant grâce au talent d'un jeune footballeur. À l'époque, je m'étais étonné d'apprendre que le club avait disparu après le départ du joueur.

Il faisait chaud et je mourais d'envie de le planter là, pour aller me rafraîchir à l'hôtel ; mais j'avais encore des questions.

– D'où venez-vous, Siudù ?
– D'ici, de Roumanie.
– Non, je veux dire, avant Mondzov !
– Je préférerais ne pas répondre à cette question.

Je jubilais et je fulminais en même temps. Il se payait le luxe de jouer au ministre ! En même temps, j'avais fait mouche : Siudù avait quelque chose à cacher et, vu la tête qu'il faisait, ce ne devait pas être beau !

Je ne le laissai pas tranquille jusqu'à ce qu'enfin il me lâche quelques pistes. Lorsque je le quittai, je savais que les choses ne seraient plus jamais les mêmes entre nous. J'avais été trop loin dans mes questions. Et lui pas suffisamment dans ses réponses.

Il se ferma définitivement.

Je passai les jours suivants à Bucarest pour vérifier les révélations de Siudù. L'orphelinat dans lequel il avait été élevé, le petit club de quartier dans lequel il avait joué. Je fis chou blanc sur les deux sujets. L'orphelinat avait fermé l'année passée. Quant au club, il n'existait plus depuis une bonne dizaine d'années.

C'était tout. Je n'avais rien, et le sujet de mon reportage ne me dirait rien de plus que ce qu'il m'avait déjà lâché.

Fantastique

Je passai la journée à errer dans la capitale roumaine, un peu désemparé en repensant à cette drôle de semaine.

J'étais mal à l'aise. J'avais vraiment l'impression d'avoir été manipulé. Par un gosse de seize ans qui plus est ! J'avais gâché une partie de mes économies et de mes vacances pour un article qui ne paraîtrait qu'en cinquième page, à côté des résultats sportifs du week-end. J'imaginais déjà la tête de mon rédac'chef.

Je décidai donc de finir en beauté mon séjour en Roumanie. Je réservai une chambre au Hilton, bien résolu à vider le bar de la chambre. En fait, je passai la soirée dans un café du centre-ville, qui affichait haut et fort les couleurs du club de foot de Bucarest.

Après quelques bières, mes idées n'étaient plus très claires et je me retrouvai engagé dans une conversation avec les gars du coin. On parla foot : foot français, foot international, foot roumain…

J'évoquai le nom de Siudù. Ils le connaissaient et c'était leur grand espoir ! Les Roumains n'attendaient qu'une chose, qu'il soit sélectionné dans l'équipe nationale pour la Coupe du Monde. En revanche, ils ignoraient tout de lui.

À cet instant, je me souvins du livre en portugais et du vieil article auquel il m'avait fait penser.

Je me couchai avec un bon mal de tête et le cœur à l'envers mais, au moins, il me restait une piste.

Le lendemain, j'allai à l'ambassade de France. Après quelques tractations avec l'un des fonctionnaires, fan de foot, qui connaissait ma signature dans le journal, je réussis à dégoter un petit moment seul devant un ordinateur et Internet. Je n'ai jamais compris comment fonctionnait le réseau, mais je dois bien avouer que c'est une sacrée invention. Je mis une partie de la matinée à retrouver l'article en question, tout simplement parce que mes souvenirs étaient brumeux et que ma pratique de l'Internet égalait à zéro.

Lorsque je compris enfin, je me mis à chercher d'autres articles. J'en trouvai quelques-uns, en plusieurs langues. Je ne maîtrisais que l'anglais, avec de vagues connaissances en allemand et en espagnol. Le serbe et le turc m'étaient étrangers, pourtant je commençais à comprendre.

Là, dans le petit bureau de l'ambassade de France, je me retrouvai glacé. Le thermomètre affichait pourtant 36 °C à l'ombre.

Pour en avoir le cœur net, il fallait que je retrouve les traces du petit club dans lequel Siudù avait joué. Ce fut plus dur. Internet ne pouvait plus rien pour moi. Alors j'y allai à l'ancienne, en visitant les commerces du quartier et sans parler le roumain.

J'obtins ce que je cherchais, avec un petit grand-père, grand admirateur de la France et de l'OM.

Le club de Siudù avait coulé neuf ans auparavant avec la mort de ses principaux joueurs. Pas des morts brutales, genre meurtre ou accident de voiture. Non, plutôt des cancers, des maladies incurables... une fin de vie à petit feu, pour des gens qui avaient à peine vingt-deux ans. Ceux qui ont survécu n'ont jamais réapparu.

Le grand-père me raconta qu'à l'époque, on avait mis le compte de ces décès sur la proximité de l'usine chimique, à quelques centaines de mètres du terrain d'entraînement. C'était une période politique trouble et l'on avait d'autres chats à fouetter que la mort de cinq ou six joueurs de foot amateurs.

D'apprendre cela, de réaliser que j'étais sans doute le seul au monde à pouvoir relier ce qui s'était passé à Bucarest dans les années 1990, à Belgrade en 1983, à Istanbul en 1979, au Brésil en 1968 et savoir que cela remontait jusqu'en 1953 en Angleterre (date du premier article que j'avais trouvé sur Internet), tout cela me porta au cœur. Je fis un malaise et me retrouvai aux urgences du principal hôpital de Bucarest.

On voulut me rapatrier. L'ambassade de France, prévenue, contacta le journal. On m'ordonna de partir, mais je refusais. Ce fut une erreur bien entendu. J'aurais dû tout laisser là, rentrer pour me replonger dans l'univers tellement rassurant et rationnel du sport.

Mais non... Je commis l'erreur de retourner voir Siudù pour le confronter à tout cela. Pourquoi ? Espérais-je des remords de sa part ?

Non. Passé le choc, je crois que je voulais juste

savoir. Je voulais l'explication, connaître le lien entre toutes ces morts qui s'étalaient de 1953 à 1996. Pourquoi, comment : les questions de base du journalisme.

De retour à Mondzov, je fus refoulé à l'entrée du stade. Les gens, qui m'avaient accueilli à bras ouvert quelques jours auparavant, me firent clairement comprendre que je n'étais plus le bienvenu. Tout s'éclaira lorsque j'appris que les représentants d'un club anglais étaient présents. Les Ukrainiens d'abord. Les Anglais ensuite.

Siudù quittait la Roumanie, cela je le savais. C'est même pour cette raison qu'André m'avait lancé sur le coup. Mais aussi vite ! Il y a quelques jours encore, il pensait rester dans l'équipe de Mondzov jusqu'à la fin de la prochaine saison !

Je passai encore deux jours à guetter une apparition du jeune prodige. Peine perdue. Celui-ci prit tout le monde de court en se faisant recruter par un club slovène. L'Angleterre s'offrait à lui par l'intermédiaire d'une équipe de Ligue 1 et il choisissait la Slovénie ?

Je compris lorsque je sus que Ljubljana disputait la coupe Intertoto contre Auxerre. En jeu, une place en Ligue des Champions.

Siudù savait que le match serait diffusé en France et qu'à cette saison les recruteurs sont très actifs. En brillant dans un match européen, il avait toutes les chances de multiplier les appels d'offres.

Fantastique

Je pris un billet pour Ljubljana.

Une fois là-bas, je tentai d'assister au match sur le bord du terrain avec mon accréditation « presse ». Peine perdue, je n'étais pas sur la liste des journalistes accrédités par l'UEFA[1].

C'est donc en spectateur, au milieu des supporters slovènes, que je vis les brillants débuts de Siudù en Coupe d'Europe. « Brillant », et le mot est faible !

Il survola la rencontre, dépassant de loin les meilleurs éléments auxerrois qui étaient pourtant loin d'être maladroits. Siudù avait intégré son club depuis deux jours ! N'importe quel joueur d'exception aurait mis quelques semaines au moins à s'adapter à ses nouveaux partenaires. Pas lui. En fait, et c'était sans doute son unique défaut, il jouait seul. Il n'avait pas besoin de partenaires qui, en l'état actuel des choses, ne pouvaient qu'amoindrir la qualité de son jeu.

En le regardant sur le terrain, j'en avais les larmes aux yeux. Ce n'était pas Ljubljana qu'il lui fallait, ni même Auxerre. Il lui fallait Manchester, la Juventus, le Real... cela crevait les yeux ! Je ne parlais pas slovène mais, aux exclamations de mes voisins, je sus que tout le monde le pensait.

La première mi-temps s'acheva sur un 2-0 pour le club qui recevait. Deux buts de Siudù évidemment. Les joueurs quittèrent le stade sous les

---

[1]. Abréviation de *Union of European Football Association*.

maigres ovations du public ; bien sûr, on n'acclamait qu'un seul footballeur.

Juste avant de rentrer dans les vestiaires, je le vis se retourner et balayer les gradins du regard. Quel sourire il avait alors ! Le sourire d'un gamin qui se voit offrir le monde. De la naïveté, de la confiance, du bonheur… Siudù, par ce simple sourire, affichait tout cela.

Les téléphones portables des observateurs étrangers présents dans le stade devaient, d'ores et déjà, fonctionner à plein rendement.

La deuxième mi-temps fut du même acabit. Le niveau de jeu, assez élevé pour une rencontre du mois d'août, n'avait rien à voir avec celui des pauvres matches auxquels j'avais assisté en

Fantastique

Roumanie. Auxerre se battait et marqua même un but. Pourtant, plus le match avançait, plus les joueurs affichaient l'habituelle fatigue des fins de rencontres disputées âprement, plus Siudù surclassait tous les footballeurs. Il courait comme à la première minute, présent à la fois à la relance et à la finition dans la surface adverse. À la dernière minute, il offrit le troisième but à son équipe par l'intermédiaire d'un penalty. C'est lui qui fut fauché, mais il laissa la transformation de la faute à l'un de ses partenaires.

Dès la fin de la rencontre, je me précipitai vers les vestiaires. Mon objectif était d'approcher Guy Roux, ou un des joueurs français, afin de recueillir quelques commentaires. Je réussis à passer dans la cohue d'après match. Les vestiaires étaient bouclés, mais je reconnus un des membres du staff auxerrois.

– Beau match, non ? Dommage que… dis-je, avec l'air de celui qui compatit au malheur de l'équipe.

– Tu parles, rétorqua l'autre, l'air écœuré. Sans leur diable, là, on les battait. S'il joue le match retour, on n'a aucune chance ! D'où sort ce gars-là ?

– De nulle part, fis-je avant de m'éclipser.

Il fallait que je voie Siudù, c'était plus fort que moi.

Bien entendu, à ce moment, il n'était plus question pour moi d'écrire un article à la gloire du jeune Roumain. Le temps de mes « vacances » touchait à sa fin. J'aurai déjà dû être rentré pour passer quelques jours chez mon frère dans le bordelais comme chaque année.

Je ne savais pas si je devais écrire un article ou pas. Tout dépendait de cet entretien avec lui, maintenant que je pensais avoir découvert la vérité.

Un peu plus tard, je me présentai à l'entraîneur de l'équipe de Ljubljana.

– Je suis un journaliste français d'un grand journal sportif.

L'homme ne me connaissait pas. Et Siudù ne pouvait imaginer que je l'avais suivi.

– Mon journal a prévu trois pages spéciales sur votre club. C'est notre événement ! J'aimerais interviewer quelques joueurs, surtout votre nouvelle star, Siudù.

Ça a marché, l'équipe slovène était fière d'être prise pour exemple du jeune football européen et je décrochai un rendez-vous.

Après la victoire contre l'équipe française, et persuadés que le match retour serait une formalité, les dirigeants du club slovène pensaient avoir leur place en Ligue des Champions.

Pour l'occasion, ils octroyèrent aux joueurs une mise au vert, à la campagne, dans un endroit merveilleux : un château au bord d'un lac, au cœur d'une forêt majestueuse.

C'est là qu'ils préparaient leur match retour. C'est là que je fus convié pour les entretiens.

Fantastique

Je n'avais que quarante-huit heures pour réaliser mon « reportage ». Mon interview avec Siudù était programmée en dernier.

Pendant deux jours, je me fis le plus discret possible pour éviter qu'il me reconnaisse. Il fallait que j'arrive devant lui sans qu'il puisse fuir.

Il ne s'enfuit pas. Il m'accueillit même avec le sourire.

J'écris ici l'entretien, tel que je l'ai enregistré.

« Tiens, le journaliste français ! Encore vous ? Vous faites le tour de l'Europe de l'Est ?

– Laissez tomber Siudù, je sais tout. Dites-moi ce que vous êtes et comment vous faites.

– Je… je ne comprends pas.

– Vous voulez des noms ? Istanbul, Belgrade… Vous y étiez à chaque fois. Vous dites avoir seize ans. Comment pouviez-vous être à Londres en 1953 ?

– Je ne comprends pas ce que vous me racontez là. Veuillez m'excuser, mais je dois m'entraîner. »

À ce moment, il se leva tranquillement de sa chaise. L'entretien était fini. Alors j'explosai. Je ne me savais pas capable de violence, mais ce fut plus fort que moi. Je le saisis par le col et le forçai à se rasseoir. S'il avait résisté, je l'aurais frappé.

« Vous… vous me menacez ? Il suffit que j'appelle et on vous enferme.

– Siudù, je veux seulement savoir. Ce n'est même pas pour écrire un article, c'est juste pour moi. J'ai l'impression de devenir fou ; aidez-moi, bon dieu ! »

En réécoutant cette cassette, je me dis que je devais vraiment avoir l'air d'un malade. Mais le Roumain savait de quoi je parlais. Il ne me prit pas pour un fou. Il ferma les yeux un moment. Quand il les rouvrit – je me souviendrai de ce moment toute ma vie –, ses yeux avaient changé. Physiquement. Ils n'avaient plus la même couleur, j'en étais sûr. Je l'avais toujours vu blond aux yeux marron. Il était maintenant blond aux yeux bleus.

Je compris alors la signification de son regard si franc et si direct. C'était celui d'un homme qui a vécu suffisamment de vies pour savoir comment fonctionnent le monde et les hommes. Devant lui, j'étais un nouveau-né.

La créature qui se tenait en face de moi commença à parler et je ne l'interrompis pas. Elle s'exprima d'une voix très calme, posée, s'interrompant parfois pour réfléchir à ses mots.

« J'ai quatre cent vingt et un ans, monsieur le journaliste. Et d'après ce que je sais, d'après l'idée que s'en font les gens, je suis un vampire. Évidemment, je n'ai pas de dents pointues, je ne me transforme pas en chauve-souris et je ne dors pas dans un cercueil. Et, bien évidemment, je ne séduis pas les jeunes filles pour boire leur sang ! D'ailleurs, je ne bois pas de sang du tout ! J'ai mis longtemps à comprendre quelle était ma nourriture, ce qui me fait fonctionner, ce qui fait que je suis tel que je suis. En fait, je me considérerais plutôt comme un aimant. Car, voyez vous, j'attire l'énergie des autres, ou plutôt leur talent. Je prends le meilleur d'eux-mêmes.

Alors, en effet, vous avez raison. J'étais à Istanbul, à Belgrade, au Brésil, en Angleterre... J'ai même fait partie d'autres petits clubs de quartier en Europe et ailleurs. Je les ai intégrés, je les ai propulsés à un niveau bien supérieur à celui qui était le leur à mon arrivée. Et je les ai tous détruits : j'ai absorbé, aspiré, attiré, concentré – appelez cela comme vous voulez – les qualités de leurs footballeurs. C'est simple, je grandissais en force pendant qu'ils s'affaiblissaient.

La plupart d'entre eux sont morts ; j'en suis peiné, ce n'est pas mon but. Car je ne contrôle pas mon pouvoir. Je suis comme cela, c'est tout. Certaines personnes sont douées pour les sciences, d'autres ont un charisme fou. Certains cumulent la malchance ou les maladies. Moi, mon pouvoir ou ma malédiction, c'est de prendre aux autres ce qu'ils ont de meilleur. Ça me maintient en vie et ça me fait grandir...

Je profitai d'un long silence pour bredouiller.
– Mais pourquoi le football ?
Cela le fit rire.
– Pourquoi pas ? J'aime ce sport. Cela fait plus de quarante ans que je le pratique et je commence

à peine à m'en lasser... Avant le football, j'ai touché un peu à tout, sur tous les continents : la peinture, la musique, les sciences, la religion... Je suis même entré en politique au début du XXe siècle ! Oui, j'ai fait un peu de tout, mais rien ne m'a autant excité que le football. Parce que ce n'est qu'un jeu et qu'il n'y a pas plus d'implications que ça. Mais, comme je vous le disais, je commence à m'ennuyer. J'aimerais voir ailleurs... »

Les battements de mon cœur se faisaient erratiques. J'entendis un avion traverser le ciel, et des joueurs qui tapaient dans le ballon. Les bruits venus de dehors, cette conversation avec Siudù... tout me parut irréel, je ne savais plus où j'en étais, j'étais perdu.

« Mais pourquoi croupir dans des clubs de quartier ? dis-je à nouveau. Avec ce que vous savez faire, vous pourriez jouer en Espagne, en Italie.

— Croyez-vous que j'aie le choix ? Je vous parlais de malédiction tout à l'heure. Comment pourrais-je évoluer dans un club reconnu sans le faire descendre aux enfers en moins d'une saison ? Vous m'imaginez au Real de Madrid ? De quoi aurais-je l'air si des joueurs comme Zidane, Raul ou Beckham mouraient le même mois ? Quoi que je fasse, je tue les gens, monsieur le journaliste, je n'y peux rien. Mais vous avez raison, je pense que je vais enfin briller sur le foot mondial. Le temps d'une Ligue des Champions, d'une Coupe du Monde. Et je prendrai ma retraite du football pour d'autres horizons...

Son cynisme me fit reprendre mes esprits.

– Vous n'avez jamais pensé à vous suicider ? Ou à vivre seul, dans un coin isolé ?

Il fut un peu plus cynique, si cela était encore possible.

– J'ai la faiblesse de m'apprécier un peu plus que les autres, monsieur le journaliste. Pourquoi devrais-je dépérir alors que je n'ai pas expérimenté tout ce que le monde a à m'offrir ? Il y a tellement de domaines que je souhaiterais étudier : l'économie, la littérature…

À ce moment, il me regarda plus intensément. Il enchaîna rapidement.

– Si j'épargne des vies connues comme celles des grands footballeurs, ce n'est pas par bonté d'âme. C'est plutôt pour préserver mon identité. Peine perdue, puisque vous m'avez percé à jour.

Il m'adressa un grand sourire qui n'avait plus rien d'humain. Sous ses traits de jeune idole des stades, je le voyais comme un démon ancien. Il y eut un grand silence. Il paraissait n'avoir plus rien à dire.

– Pourquoi me révéler tout ça ? Après tout, je pourrais l'exposer au grand jour !

La créature éclata d'un rire sonore.

– Tentez cette expérience, monsieur le journaliste, tentez-la. Quel dommage que je ne puisse vous voir annoncer à votre rédacteur en chef le sujet de votre article !

Plus sérieusement, il ajouta :

– Vous n'êtes pas le premier à m'avoir découvert. La dernière fois que c'est arrivé, le prêtre – car c'en était un – a fini interné. Libre à vous d'écrire ce que vous voulez sur moi, on vous croira fou !

Quelqu'un frappa à la porte. Je consultai ma montre. Cela faisait deux heures que nous discutions et le temps imparti touchait à sa fin. Je voulus me lever, quitter ce fauteuil, cette pièce, ce pays… mais je n'y parvins pas.

– Voilà, monsieur le journaliste, vous connaissez mon histoire. Vous m'excuserez, mais je dois vraiment préparer ce match contre Auxerre. Je suis ravi de vous avoir rencontré.

Il me tendit une main que je ne saisis pas.

– Et maintenant, qu'allez-vous faire de moi ? demandai-je faiblement.

– Ce que je vais faire de vous ?

Il eut l'air étonné.

– Mais rien, monsieur le journaliste, je ne vais rien faire de vous. Vous allez mourir comme tous les humains, voilà tout ! Vu votre âge, je parie sur une crise cardiaque.

Il entrouvrait la porte pour sortir de la pièce, lorsqu'il se retourna et me lança :

– Vous vous souvenez ? Je vous ai dit que mon temps de footballeur touchait à sa fin. Le temps est peut-être venu pour moi de commencer une carrière de journaliste, non ? »

J'entends encore son rire dans mes oreilles.

Une « défensive » de choc !

de Giorda
illustré par Marc Bourgne

- 1 -

À l'école des Sources, ça shoote dans tous les sens, ce matin. Il y a là au moins une dizaine de ballons en caoutchouc ou en mousse jaune, qui bondissent aux quatre coins de la cour de récréation.

C'est la première fois qu'Angéline en apporte un, en mousse, guère plus gros qu'un pamplemousse, qu'elle a acheté la veille. Elle a tellement envie de taper dans un ballon, de dribbler… Mais elle est bien la seule fille de son école à rêver de jouer arrière-droit ou libéro en équipe de France féminine ! Alors, en attendant, elle pousse sa balle du pied contre un mur, qui le lui renvoie gentiment. Elle n'ose pas la frapper trop fort, de peur qu'elle ne lui échappe et ne finisse dans les pieds d'un garçon, qui se ferait un plaisir de l'expédier au diable !...

Soudain, un coup de sifflet retentit. Aussitôt, tous les ballons s'arrêtent de courir et de sauter, retrouvent rapidement les cartables d'où ils étaient sortis. La plupart des garçons se précipitent vers monsieur Perrot, le nouveau maître de CM2, qui apporte un ballon de foot, un vrai, en cuir...

– Aujourd'hui, annonce-t-il, l'équipe des Tigres joue contre celle des Panthères...

C'est lui qui a eu l'idée d'organiser pendant la récréation du matin un mini-championnat de foot entre une demi-douzaine d'équipes d'élèves, tous des garçons, bien sûr !

Angéline s'est précipitée, elle aussi. Comme elle est dans la classe de monsieur Perrot, elle espère à chaque fois qu'il lui laissera toucher le ballon et shooter au moins une fois dedans. Mais les garçons se jettent déjà dessus comme des morts de faim. Puis ils courent vers le petit terrain aménagé de l'autre côté de la cour où se dispute le championnat trimestriel.

Monsieur Perrot est un vrai mordu de foot. Il s'est débrouillé pour trouver deux buts un peu rouillés qu'il a installés à chaque bout du terrain et, de temps en temps, il retrace les lignes

Une « défensive » de choc !

blanches que les pieds des joueurs effacent régulièrement.

Il rejoint sans courir les garçons, toujours suivi d'Angéline. Lui, il va arbitrer la rencontre. Elle, elle va rester sur la touche. Et la partie commence...

– Va ! crie Angéline dès que Sélim, de l'équipe des Tigres, prend le ballon et part en chaloupant vers le but adverse.

Lui aussi est dans la classe de monsieur Perrot. Il a plus de mal à multiplier huit par neuf qu'à passer trois défenseurs en revue pour se mettre en position de tir.

– But ! hurle déjà Angéline, qui ne voit que Sélim sur le terrain.

Comme lui, elle a du mal avec les tables de multiplication. Mais elle se dit qu'un jour, si on lui donne sa chance, elle sera aussi bonne que Sélim avec un ballon.

Là-bas, le garçon pousse le ballon au fond des filets. Hélas ! monsieur Perrot a sifflé hors-jeu. Le premier but de Sélim, ce sera pour tout à l'heure. Angéline n'est pas inquiète. Les Tigres sont en tête du championnat. Et ce n'est pas un hasard. Sélim marque à tous les matches !

Pourtant, aujourd'hui, il semble en panne sèche. Le voilà reparti dans un raid solitaire : râteau, passement de jambes, dribble enchaîné, tir du gauche – qui n'est pas son meilleur pied. Le gardien adverse se jette pour détourner en corner...

– Zut ! s'écrie Angéline. Il avait bien besoin d'arrêter ce tir, celui-là !

Sentiments

Elle aurait tellement aimé que Sélim marque sur ce coup-là. Mais elle doit reconnaître que ce dernier est souvent un peu trop personnel. Deux fois déjà, il aurait pu faire une passe décisive à un partenaire mieux placé que lui... Il a tiré quand même. Les autres le lui ont reproché, naturellement. Et Sélim l'a mal pris! Pourtant, son équipe perd un à zéro. Ce n'est pas le moment de se disputer avec ses partenaires si on veut garder la tête du championnat.

– Tu vas y arriver, Sélim, lui crie Angéline.

Si elle osait, elle entrerait sur le terrain pour être encore plus près de lui quand il dribble!

Sélim l'a-t-il entendue? En tout cas, on dirait qu'il a des ailes. Il court le long de la touche, s'arrête brusquement en faisant demi-tour sur lui-même, ce qui met un premier défenseur hors de position, glisse le ballon entre les jambes d'un second accouru à la rescousse... Cette fois, il est passé! Il arrive devant le gardien, feinte, tire...

– BUT!

Monsieur Perrot, amusé, se retourne vers Angéline qui crie et trépigne sur la touche.

– Tu aimerais jouer, hein? lui lance-t-il en souriant.

Angéline hoche la tête vigoureusement, tout en continuant de sauter, bras levés, comme une vraie supportrice.

– Pourquoi ne demandes-tu pas à Sélim de te prendre dans son équipe?

Il n'a pas le temps d'attendre la réponse. Le ballon a déjà été remis en jeu par les Panthères, furieux d'avoir été égalisés. Et Sélim repart dans ses dribbles. Un vrai démon ! Cette fois, il a de la chance. Son deuxième but passe comme une lettre à la poste, devant un gardien complètement figé.

— On a gagné ! s'écrie Angéline, lorsque monsieur Perrot siffle la fin de la partie.

Elle se précipite vers Sélim pour le féliciter. Mais il est déjà entouré par tous ceux de son équipe. Elle s'éloigne, un peu déçue. Dans son dos, un garçon ricane :

— Les filles, elles comprennent rien au foot !

— Tu verras, si les filles savent pas jouer au ballon, murmure Angéline.

Et elle se jure de passer toutes ses récréations à s'entraîner. Toute seule s'il le faut ! Après, elle pourra aller voir Sélim, lui demander de lui apprendre le passement de jambes...

- 2 -

Le premier championnat trimestriel de l'école des Sources s'est achevé le 15 décembre. Et les Tigres ont été sacrés champions d'automne. Dès la rentrée de janvier, la compétition reprendra, mais avec des équipes remaniées. Angéline s'est aussitôt dit qu'elle allait avoir enfin sa chance. À elle de prouver aux garçons, à Sélim surtout, qu'elle sait jouer au foot ! Car elle s'entraîne dur, depuis deux mois.

Sentiments

En fait, elle a surtout fait du mur, sous le préau... Parce qu'elle était seule, bien sûr !

Saphia, une fille de sa classe, est venue la voir à plusieurs reprises. Elle avait besoin de quelqu'un pour tenir son élastique.

– Tu n'as qu'à l'attacher à une poignée de porte, ton élastique, lui avait-elle dit sans se retourner. Moi, j'ai autre chose à faire...

Elle était en train d'envoyer son ballon contre le mur en le frappant le plus fort possible, puis, quand celui-ci revenait, elle s'appliquait à le bloquer avec le pied pour le contrôler et enchaîner une nouvelle frappe.

– Si tu crois que les garçons vont te regarder parce que tu joues au ballon, avait ricané Saphia, tu te trompes drôlement...

Angéline avait même dessiné à la craie une cage de but pour s'entraîner à tirer des penalties... Elle s'était retournée vers Saphia après avoir mis un contre-pied à un gardien imaginaire.

– Et si tu crois qu'ils vont te regarder parce que tu joues à l'élastique...

Sans achever sa phrase, elle avait haussé les épaules tout en se remettant à son entraînement...

Aujourd'hui, toute la cour est en effervescence. Les garçons jouent avec leurs ballons en mousse par groupes de trois ou de quatre, tout en discutant de la composition des futures équipes. Et Angéline se voit déjà jouer avec Sélim. Une fois qu'ils seront dans la même équipe, ils ne se quitteront plus. Et, plus tard...

Une « défensive » de choc !

— Hé ! Regarde où tu marches, lui lance un garçon en la bousculant.

Il était en train de jongler avec un ballon en caoutchouc aux couleurs du dernier championnat du monde et elle lui a fait rater sa série de trente-deux sans toucher terre. Pour toute réponse, Angéline se contente de shooter violemment. Mais son pied ne rencontre que le vide. Quelqu'un lui a subtilisé le ballon au dernier moment. Naturellement, ça fait rire tous ces imbéciles de garçons !

Piquée au vif, Angéline s'élance au milieu de la cour, shoote dans tous les ballons qui roulent, fait une tête avec tous ceux qui sautent, amortit de la poitrine ou du genou ceux qui volent à mi-hauteur, bloque du pied ceux qui arrivent au sol et les renvoie le plus loin possible de son camp. Et son camp est partout. Elle court, vole, se bat comme un beau diable... La seule chose qu'elle ne fasse pas, c'est de marquer des buts. Ça, elle le laisse à Sélim. Elle ne sait que défendre, mais elle le fait bien. Et elle est même capable de chiper un ballon à un attaquant adverse. *La preuve ?...*

Elle voit arriver un garçon qui court après un ballon de mousse aussi jaune qu'un citron. Au moment où il va le contrôler du pied gauche, elle le lui enlève d'un tacle glissé et, d'une pichenette, le fait rouler derrière son adversaire...

— Rends-moi ce ballon ! lui crie l'autre, furieux de s'être laissé avoir par une fille.

— Viens le chercher ! réplique Angéline qui a déjà récupéré le ballon et le fait rouler sous sa semelle.

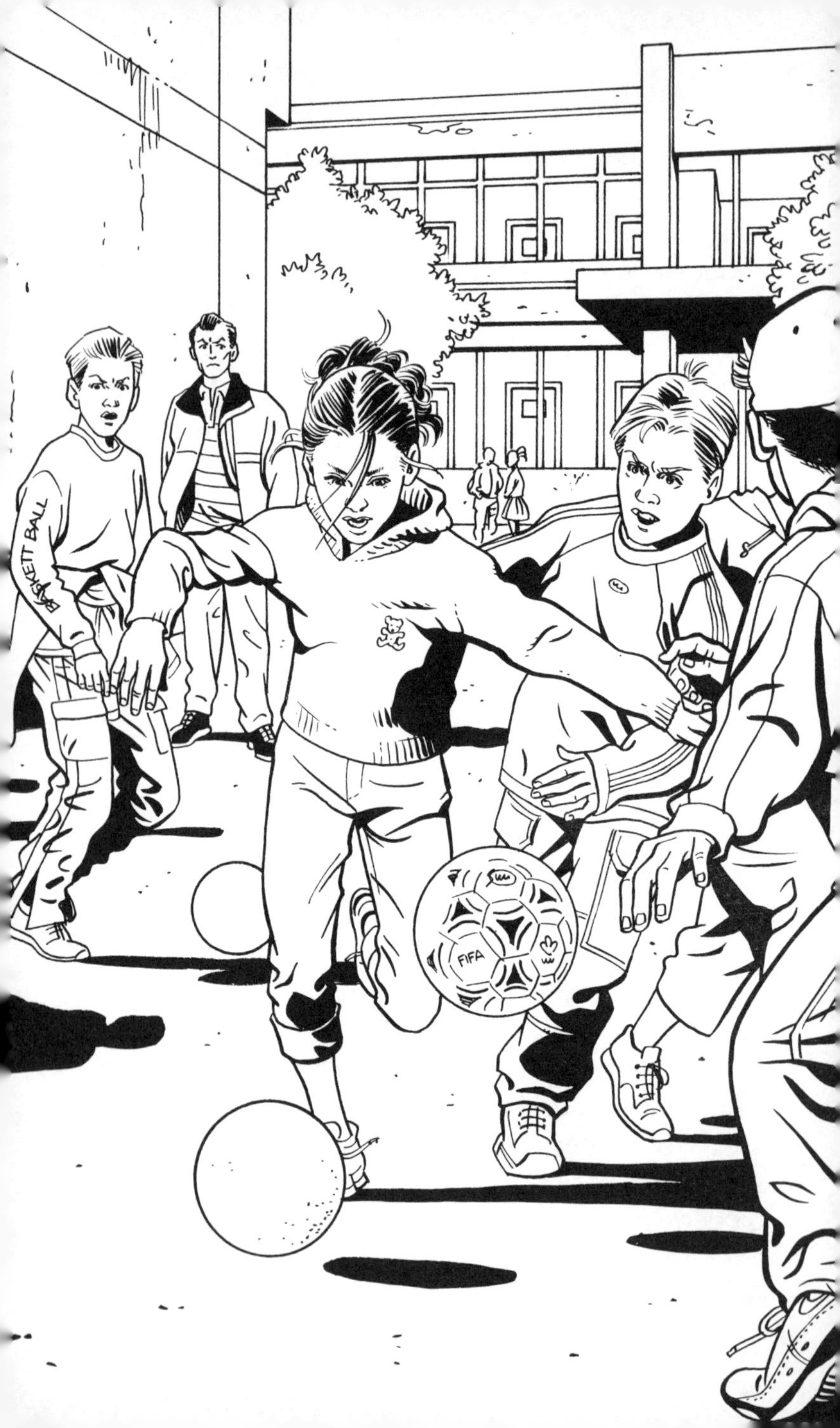
FIFA

Une « défensive » de choc !

Le garçon se jette sur elle. Elle esquive habilement la charge en faisant « Olé ! » comme elle l'a entendu à la télé au cours d'un match où les joueurs d'une équipe espagnole ridiculisaient leurs adversaires en gardant le ballon... Mais lui, il le prend très mal. Au lieu de continuer le jeu, où il n'est peut-être pas le plus fort, il attrape Angéline par le bras, la secoue violemment...

— Rends-moi ce ballon à la fin ! gronde-t-il.

Il a déjà le poing levé, il la frapperait si tout à coup quelqu'un n'arrêtait pas son bras.

C'est Sélim !

— Ne sois pas mauvais joueur, lui dit-il. Elle dribble mieux que toi !

Et Angéline, en l'entendant, se dit que, cette fois, c'est gagné, Sélim va la prendre dans son équipe. Ne vient-il pas de dire ?...

Mais l'autre garçon se jette déjà sur Sélim, parce qu'il a défendu Angéline. Et les voilà qui se battent, tous les deux.

Monsieur Perrot, attiré par la dispute, arrive en courant, sépare les deux combattants... Il veut les envoyer à la salle des maîtres, mais Angéline s'interpose :

— Maître, c'est à cause de moi qu'ils se disputaient... Parce que je veux jouer au foot.

— Forme une équipe avec d'autres filles et je vous inscrirai au prochain championnat ! répond monsieur Perrot qui devient toujours plus indulgent lorsqu'on lui parle de son sport préféré.

Angéline hausse imperceptiblement les épaules.

Sentiments

Elle sait très bien qu'elle ne trouvera aucune équipière dans toute l'école. Elle en a parlé, une fois, à deux ou trois filles de sa classe. Aucune n'a seulement voulu s'entraîner avec elle.

– Moi, je veux bien aller te regarder jouer, lui a gentiment dit Cathy. Je crierai : « Vas-y, Angé ! » chaque fois que tu marqueras un but. Ça te ferait plaisir ?…

Angéline avait haussé les épaules :

– Je joue plutôt à l'arrière. Je n'ai aucune chance de marquer un but…

Monsieur Perrot s'éloigne. Il a toute la cour à surveiller. Les deux garçons ont cessé de se battre, mais l'adversaire de Sélim crache rageusement :

– Moi, je jouerai jamais contre une équipe de filles !

– Je ne vois pas pourquoi, répond Sélim en lançant à Angéline un clin d'œil complice. Si elles savent jouer…

- 3 -

Angéline attend la sortie de l'école. Ce sera plus facile de parler avec Sélim lorsque les autres garçons ne seront plus là.

– Moi, lui dit-elle, j'aimerais bien former une équipe de filles. Mais, dans cette école, aucune ne veut jouer… Alors, il ne me reste plus qu'à aller dans une équipe de garçons…

Une « défensive » de choc !

Et comme Sélim reste silencieux, elle ajoute :
– Tu crois que je pourrais jouer dans ton équipe ?
– Pourquoi pas ? Je t'ai vue t'entraîner. Mais il faut encore que tu progresses, que tu joues avec autre chose qu'un mur qui te renvoie la balle, que…

Angéline refuse d'en entendre davantage. Elle part en courant, le cœur plein d'amertume. Finalement, ils sont tous pareils, ces garçons ! Eux, ils savent jouer au foot sans avoir jamais appris, alors que les filles…

Elle s'arrête, surprise. Car Sélim a couru derrière elle. Il a pris sa main.
– Si tu veux, je peux t'entraîner, lui dit-il.
– Si je veux ?… s'écrie-t-elle.

Si elle osait, elle l'embrasserait, oui !

Depuis, tous les jours, quand ils rentrent de l'école, ils s'arrêtent sur un terrain vague, pas très loin de leur lotissement. Sélim sort de son sac de sport un ballon en caoutchouc complètement pelé à force d'avoir reçu des coups de pied. Et l'entraînement commence…

– Le passement de jambes, explique patiemment le garçon, c'est pas difficile. Tu lances ton pied droit vers le ballon. Aussitôt, ton adversaire croit que tu vas le dribbler sur sa gauche. Mais toi, tu ne touches pas le ballon, tu le laisses rouler devant toi. En même temps, tu te balances légèrement de gauche à droite pour refaire la même chose avec le pied gauche. On dirait que tu remplaces une jambe par une autre. En fait, le ballon continue de rouler et toi, tu le récupères lorsque ton défenseur a perdu l'équilibre. Tu comprends ? Il croit que le ballon part à droite alors qu'il file à gauche...

Sélim n'a pas de problème de démonstration. À chaque fois, Angéline se retrouve dans le vent. Sélim rit en la rattrapant... Mais, quand c'est elle qui essaie de le dribbler, elle trébuche immanquablement sur le ballon... et lui retombe dans les bras ! Elle ne déteste pas ça, d'ailleurs. Sélim non plus, on dirait. Mais elle aimerait bien en réussir au moins un, de passement de jambes !

– Ne t'inquiète pas ! la console Sélim. C'est un truc d'attaquant. Toi, tu feras une bonne... défenseur.

Une « défensive » de choc !

Comme il s'étonne de ne pas connaître le féminin de défenseur, il demande en classe à monsieur Perrot qui le rassure, pour une fois. Il n'y en a pas !
– Pas encore ! corrige aussitôt Angéline.
Avec Sélim, elle s'entraîne à prendre le ballon dans les pieds d'un attaquant sans faire de faute, même en le taclant par derrière, ce qui n'est pas facile à cause des risques de penalty. Elle apprend aussi à jouer de la tête...
– Regarde, lui dit Sélim.
Son coup favori, c'est de recevoir le ballon sur la tête.. « Et un !... commence-t-il... » de le faire rouler sur sa poitrine, puis le long de son corps jusqu'à son pied droit... « Et deux !... ajoute-t-il »... avant de décocher un tir meurtrier « Et trois !... » conclut-il.
– Je dis trois seulement quand je marque un but, explique-t-il à une Angéline admirative. Malheureusement, je ne reçois presque jamais une passe aussi bonne...
Il ramasse le ballon, le lance en direction d'Angéline qui tente une tête smashée comme si elle était devant le but adverse...
Pour elle, faire des têtes, c'est le meilleur moment de leur entraînement. Ils sont en face l'un de l'autre, presque immobiles. Et ils ont le temps de se parler. Lui, il rêve de devenir joueur professionnel, dans un grand club, en France ou à l'étranger. Rien ne lui fait peur. Pas même de jouer en équipe de France !
– Tu pourrais épouser une femme qui jouerait au

foot, elle aussi, lui dit un jour Angéline. Qui serait professionnelle, bien sûr, s'empresse-t-elle d'ajouter en voyant passer une lueur d'inquiétude dans le regard du garçon. Et qui jouerait aussi à l'étranger…

– Il vaudrait mieux que ce soit dans la même ville, continue Sélim en se prenant au jeu.

– Dans le même club, même !

Et de rire, tous les deux… Pensent-ils à la même footballeuse ? Angéline en est sûre.

D'ailleurs, pour mieux se préparer à sa vie future avec Sélim, elle s'entraîne encore le soir, à la maison.

– Lance-moi le ballon ! demande-t-elle à son père assis sur le canapé de la salle à manger.

Et elle se jette en avant pour mettre une tête terrible dans une cage désertée par un goal qui a raté sa sortie aérienne sur un corner.

Parfois, elle loupe la cible et le ballon rebondit sur le mur, au risque de pulvériser un sous-verre… Parfois aussi, elle renverse une chaise en taclant un attaquant dans sa propre surface de réparation, juste devant la porte d'entrée….

Son père sourit avec indulgence. Angéline est fille unique et il ne lui déplaît pas de la voir pratiquer un sport de garçons. D'ailleurs, elle a échangé ses premières balles avec lui… Quant à sa mère, elle affirme que, grâce à sa fille, le foot ne sera bientôt plus réservé aux hommes. Pour Noël, ils lui ont offert un ballon d'une grande marque. « Celle qui marque le plus de buts dans le monde ! » précise une pub à la télé.

Une « défensive » de choc !

Angéline ne l'a jamais emmené à l'école, son ballon... Mais un soir, elle le montre à Sélim.

— On pourrait s'entraîner avec lui, si tu veux, lui dit-elle. Comme ça, je serai prête pour le tournoi de sixte du printemps...

C'est encore une idée de monsieur Perrot, ce tournoi qui réunira, au stade municipal, les écoles des environs. Chacune alignera une équipe de sixte pour deux mi-temps de dix minutes chacune. On appliquera la formule de la coupe de France : huitièmes de finale, quarts... jusqu'à la finale, disputée en deux fois quinze minutes avec prolongation en fin d'après-midi...

Les garçons ne parlent que de ça à l'école depuis la rentrée des vacances de février, au point même d'en oublier le championnat de l'école. Cette fois, Angéline est bien décidée à avoir sa place dans l'équipe. Mais, lorsqu'elle en parle à Sélim, celui-ci semble embarrassé.

— Écoute, commence-t-il, j'ai peur que tu sois la seule fille à vouloir jouer et...

— D'abord, tu n'en sais rien ! l'interrompt vivement Angéline. Ensuite, qu'est-ce que ça pourrait faire, que je sois la seule ? En plus, monsieur Perrot sera sûrement d'accord. Il me l'a dit plusieurs fois. Alors, qu'est-ce qui te fait hésiter ?...

— Rien, répond Sélim en se détournant.

Pour ne pas montrer sa déception, Angéline shoote dans son ballon neuf. Mais son tir manque de conviction. Et si elle s'était trompée ? Et si Sélim n'avait plus envie de jouer dans le même club

Sentiments

qu'elle, plus tard, quand ils seront professionnels, tous les deux ?

- 4 -

La veille du tournoi de printemps, monsieur Perrot affiche la liste des joueurs qu'il a sélectionnés. Sélim y figure, naturellement. Mais pas Angéline...

– Tu viendras les supporter, quand même ? s'inquiète-t-il en voyant sa mine déconfite.

Il a remarqué que Sélim joue mieux lorsque Angéline est au bord du terrain.

– Je ne sais pas ! répond-elle.

– Tu aurais voulu être sélectionnée, c'est ça ? reprend le maître. J'aurais bien aimé te mettre dans l'équipe, moi ! Au moins comme remplaçante... Mais je ne t'ai encore jamais vue jouer dans notre championnat. Alors, comment veux-tu que je... ?

Angéline ne répond pas. Elle sait bien, elle, que si Sélim lui avait parlé, s'il avait insisté... Mais il n'a rien fait, il n'a rien dit...

– Pourquoi ? lui demande-t-elle lorsqu'ils se retrouvent le soir pour taper dans le ballon.

Il est embêté, Sélim ! Il n'ose même pas la regarder en face.

– Écoute, lui dit-il enfin. Tu le sais, moi, je suis pour. Mais il faut que tu comprennes, les copains, eux, ils voudront jamais jouer avec une fille... Ils auraient trop peur que ceux des autres écoles se moquent d'eux, les traitent de gonzesses...

Une « défensive » de choc !

— Et c'est à cause de ça que tu n'as pas parlé de moi à monsieur Perrot ?

Sélim hoche la tête, embarrassé. Angéline le regarde. Dire que c'était le garçon qu'elle admirait le plus au monde !... Celui avec lequel elle rêvait de vivre, plus tard, la grande aventure du football.

— D'eux, de toi ou de moi, je me demande bien qui est le plus « gonzesse », lui lance-t-elle rageusement en s'éloignant.

Elle est tellement furieuse qu'elle ne dit même pas bonjour à sa mère en arrivant à la maison. Elle court jusqu'à sa chambre. Et là, elle explose. « C'est pas juste ! Il n'y en a que pour les garçons ! Et même Sélim... » Au lieu de finir sa phrase, elle shoote dans tout ce qui lui tombe sous le pied, elle envoie valdinguer ses chaussons sous son lit, elle balaie d'un grand geste de la main tous ses livres de photos sur le foot, elle arrache même, d'un geste rageur, un poster de David Beckham punaisé au mur, elle le froisse entre ses mains, le piétine...

Tout à coup, elle entend sa mère derrière la porte :

— Qu'est-ce qui t'arrive, ma chérie ?

— Rien, maman, rien du tout !

Elle s'est laissée tomber sur son lit. Heureusement que sa mère est arrivée. Sinon, elle aurait fini par pleurer, comme une fille ! Allez ! C'est pas le moment de renifler ! Ils seraient trop contents, les garçons ! D'ailleurs, demain, elle demandera à son père de lui acheter le poster de l'équipe de France féminine de foot... Le temps de ranger sommairement et elle ouvre sa porte... Elle a pris sa décision.

— Tu pourras m'accompagner au stade demain ? demande-t-elle.

— Bien sûr !

Le lendemain matin, elle met un short sous son pantalon de jogging et, dans son sac de sport, elle range soigneusement les chaussures de foot que son père lui a offertes pour son anniversaire. Elle ne les a encore jamais chaussées.

— Angéline !

C'est monsieur Perrot.

— J'ai besoin de quelqu'un pour le tirage au sort.

« Évidemment, pense aussitôt Angéline, les filles ne sont bonnes qu'à sortir des petits papiers d'une casquette et à lire le nom des équipes... »

— En plus, je suis bien embêté, continue monsieur Perrot. J'attendais seize équipes et je n'en ai que treize. Je serais obligé d'organiser des matches de barrage pour les quarts et...

Juste à ce moment-là arrive Sélim. Il semble complètement affolé.

— Maître, dit-il à monsieur Perrot, Dédé, notre arrière droit, s'est bêtement foulé la cheville en descendant du car...

— Il n'avait qu'à venir en voiture comme moi, murmure Angéline. Alors, comme ça, vous allez déclarer forfait ? ajoute-t-elle un ton plus haut.

— On dirait que ça te fait plaisir ! remarque Sélim.

— Ça me ferait surtout plaisir de le remplacer.

Une « défensive » de choc !

Regarde ! J'ai même des chaussures de foot ! ajoute-t-elle en ouvrant son sac de sport.
— Mais j'avais désigné des remplaçants, remarque monsieur Perrot.
— Ils ne sont pas venus, répond Sélim. Parce qu'ils étaient vexés de ne pas être titulaires...
Le maître hausse les épaules.
— Débrouillez-vous entre vous ! J'ai assez de soucis avec le tirage au sort...
Cette fois, Sélim n'hésite pas. Il entraîne Angéline vers le coin du vestiaire où ses coéquipiers commencent à se mettre en tenue.
— C'est Angéline qui remplacera Dédé, commence-t-il...
Dans son coin, Dédé grimace. Il a trop mal à la cheville pour protester. Mais le gardien s'écrie :
— On n'a vraiment pas d'autre remplaçant ?
Pendant ce temps, Angéline retire son pantalon de jogging, met ses chaussures de foot. Elle est tellement heureuse qu'elle n'entend pas le gardien ajouter à mi-voix :
— J'espère qu'elle ne me marquera pas trop de buts !

- 5 -

Ils entrent enfin sur le terrain – un grand terrain de foot coupé dans le sens de la largeur pour que deux équipes de sixte puissent y jouer en même temps. Ils portent des chasubles rouges et vont

Sentiments

jouer contre les bleus. Le cœur d'Angéline bat à cent à l'heure. C'est la première fois...

— Surtout, ne fais pas n'importe quoi, lui crie l'arrière gauche quand l'équipe adversaire engage la partie.

— Et n'oublie pas de regarder le ballon... ajoute le gardien.

Angéline hausse les épaules, furieuse. Est-ce qu'ils la prennent pour une demeurée ? Mais, le temps qu'elle rumine sa colère, un ballon arrive très vite sur elle. Surprise, elle le laisse passer. L'attaquant qu'elle est censée surveiller est passé dans son dos. Il récupère le ballon, file au but, tire...

— But ! fait l'arbitre, un maître d'une école voisine. La balle au centre !

Angéline s'en veut terriblement. Mais si les deux autres ne l'avaient pas énervée comme ça !...

— Concentre-toi sur le jeu ! se contente de lui dire Sélim avant de réengager la partie. On va sûrement égaliser.

Encouragée cette fois, Angéline se jette sur tous les ballons qui passent, les dégage de la tête, des pieds, du genou. « Attention, pas de la main ! » C'est encore le gardien qui la harcèle. Il ne peut pas la laisser tranquille, celui-là ? Elle va se retourner vers lui pour lui demander de se taire. Et elle voit passer un ballon au ras du sol. Elle essaie de le repousser en se jetant désespérément sur lui. Malheureusement, elle le touche du bout du pied et le détourne dans ses buts, trompant ainsi son propre gardien !

Une « défensive » de choc !

— C'est pas vrai ! s'écrie celui-ci, furieux. Je te l'avais bien dit, ajoute-t-il à l'intention de Sélim, venu chercher le ballon au fond des filets.

— Essaie plutôt de lui faire confiance. On n'avait pas le choix, tu l'as dit toi-même... Alors, ça ne sert plus à rien de discuter, maintenant... De toute façon, la mi-temps n'est pas finie et il nous en reste une entière ! Je vais marquer, tu vas voir...

Mais les minutes passent, Sélim ne marque pas. En fait, il est plus souvent tourné vers l'arrière, comme s'il surveillait Angéline.

— Ne t'occupe pas de moi, lui dit celle-ci à la mi-temps. Pense plutôt à leur mettre des buts...

Mais la partie est vraiment très mal engagée. À quelques minutes de la fin, alors que Sélim n'a toujours pas marqué le moindre but, l'arrière gauche de leur équipe tacle un attaquant dans la surface de réparation.

— Penalty ! crie l'arbitre.

Cette fois, c'est fini ! Il n'y aura pas de miracle. L'équipe de l'école des Sources perd trois à zéro. Elle est éliminée du tournoi dès le premier tour. Les joueurs rentrent penauds au vestiaire.

— Tu vois, dit le gardien à Sélim en désignant Angéline, on n'aurait pas dû la prendre...

Mais Angéline l'a entendu. Elle se retourne en criant :

— C'est moi qui ai concédé un penalty ? C'est moi qui ne l'ai pas arrêté ? Et c'est moi qui n'ai pas marqué le moindre but ?

Sentiments

Et comme le gardien ne répond pas, cette fois, Sélim reprend :
– Elle a raison. Si on a perdu, c'est qu'on a mal joué. Tous ! Et pas seulement elle…

- 6 -

C'est à ce moment-là que monsieur Perrot est à l'entrée des vestiaires. Il a l'air pressé. Il leur tend des chasubles jaunes.
– Vous avez un match de barrage contre les verts ! leur dit-il. Ça vous donne une chance de vous racheter. Je compte sur vous.

Les équipiers d'Angéline se regardent. Cette fois, il faut gagner. S'ils le déçoivent trop, monsieur Perrot n'organisera peut-être plus de championnat à l'école. Il ne leur restera plus qu'à taper dans leurs ballons en mousse…

Angéline est la première à vouloir se racheter. Mais pourquoi faut-il que monsieur Perrot gâche tout en ajoutant :
– Si vous voulez, vous pouvez prendre un remplaçant venu de n'importe quelle école…
– Pour me remplacer ? demande aussitôt Sélim.
– Non ! Toi, je crois que tu as été mal servi, tout à l'heure. Je pensais à l'arrière…
– Celui qui a fait le penalty ? demande alors Angéline.
– Non, répond monsieur Perrot embarrassé, je me disais plutôt que…

140

Une « défensive » de choc !

— Moi, l'interrompt brusquement Sélim, si Angéline ne joue pas, je ne joue pas non plus ! Et on arrête de dire qu'elle ne sait pas jouer. Je la connais et je peux vous dire qu'aucun défenseur n'est aussi bon qu'elle, ici ! Même si elle a commis quelques erreurs au début. Mais tout le monde en fait, des erreurs. Même les professionnels ! Moi, je n'ai pas réussi à mettre un seul ballon au fond et vous voulez me garder. Pourquoi ?

— Allons ! fait monsieur Perrot en regardant sa montre. Ne perdons pas trop de temps à discuter. Votre match va bientôt commencer…

Ils retournent tous sur le terrain. Et Angéline se dit que, cette fois, ce sera plus facile pour elle. Mais elle doit vite déchanter. Pas tellement à cause des attaquants adverses, qui ne sont pas particulièrement performants. Plutôt à cause de l'autre défenseur et des milieux de terrain de son équipe. La plupart du temps, ils continuent de jouer entre eux et risquent souvent de perdre bêtement le ballon au profit de l'adversaire, au lieu de le lui passer pour qu'elle relance proprement en direction de Sélim. Et lui, placé à l'autre bout du terrain, il n'a toujours pas de bons ballons. Surtout, il voit bien ce que cherchent les autres garçons : écœurer Angéline et l'obliger à sortir ! Comme ça, ils pourront la remplacer. Le gardien lui a dit qu'il a repéré un garçon qu'il connaît.

Mais Sélim est placé trop loin pour pouvoir intervenir. Il attend la mi-temps. Et là, il se met franchement en colère. Après tout, c'est lui le capitaine !

– Si vous continuez comme ça, on va se faire éliminer, définitivement...

– Ce sera ta faute, répond le goal. Pourquoi as-tu insisté pour qu'elle reste avec nous, maintenant qu'on peut avoir un vrai remplaçant ?

Sélim, furieux, veut se jeter sur lui.

– Laisse, murmure Angéline. Il est trop...

Elle n'achève pas sa phrase. Au fond d'elle-même, elle est très triste. Si Sélim n'était pas là pour la défendre... Pourtant, il y a des filles dans d'autres équipes. Pas beaucoup, évidemment, mais...

Sélim frappe dans ses mains.

– Bon ! Arrêtons de nous disputer. Angéline est là, elle joue. Passez-lui le ballon. Elle saura quoi en faire, vous verrez ! D'ailleurs, on est toujours zéro à zéro...

Le jeu reprend. Cette fois, ses coéquipiers passent le ballon à Angéline, mais trop fort ou trop loin d'elle, si bien qu'elle n'arrive pas, le plus souvent, à le contrôler. Alors, rageusement, elle le dégage n'importe comment, le plus loin possible. Mais il revient très vite. Si vite, même, qu'à un moment, elle se retrouve seule face à un attaquant lancé à toute allure. Si elle le laisse marquer, celui-là, les autres diront que c'est à cause d'elle qu'ils ont été éliminés !

Alors, elle se jette dans ses pieds. Mais lui, d'une feinte de corps, il l'évite adroitement. Il continue sa route, il dribble le gardien un peu trop avancé, il pousse son ballon vers le but vide...

Une « défensive » de choc !

Heureusement, Angéline s'est déjà relevée. Elle court vers sa ligne comme une dératée... Non ! Ce ballon ne doit pas rentrer... Il faut qu'elle arrive à temps...

Et c'est elle, la « gonzesse » de l'équipe, qui empêche le ballon de franchir la ligne en le frappant avec toute sa force, toute sa hargne, toute sa rage. « Ah ! Ils vont voir, les garçons ! » Sur le terrain, tous ses coéquipiers, qui s'étaient arrêtés pour regarder ce ballon filer vers le but, suivent des yeux la balle qui monte très haut dans le ciel. Angéline entend le gardien dire dans son dos : « Tu as encore dégagé n'importe comment ! » Il ferait mieux de la remercier, pourtant. Elle vient de lui sauver la mise... Mais à quoi bon discuter ? Elle voit le ballon redescendre devant le but adverse, tomber sur la tête de Sélim... « Et un ! » pense-t-elle aussitôt... qui l'amortit de la poitrine, le fait rouler le long de son corps... « Et deux ! » murmure-t-elle... et tire... Cette fois, elle hurle : « Et trois ! »

Il vient de marquer le premier but de la rencontre. Elle a à peine le temps de s'en rendre compte que Sélim est déjà là, en train de l'embrasser.

– Tu as sauvé un but, lui dit-il. Et en plus, tu m'as fait une passe décisive. C'est mon premier bon ballon de toute cette partie.

Elle le serre très fort, elle aussi. Elle l'embrasse.

Les autres, du coup, n'osent pas se joindre à eux. Ils les regardent sauter de joie en se tenant par la taille.

Sentiments

L'arbitre s'approche d'eux :
– Remettez-vous en place, leur dit-il. La partie reprend. On est pas chez les pros, ici…

Mais Angéline ne l'entend pas. Elle crie :
– On va gagner ! On va gagner !

Et c'est à Sélim qu'elle pense. Et à elle. À elle avec Sélim. Et à Sélim avec elle…

Ensemble, pour la vie…

- 7 -

Le soir, ils reviennent tous les deux dans leur quartier. Ils sont fatigués, mais heureux, car ils sont allés jusqu'à la finale du tournoi. Et là, alors qu'ils étaient à égalité, trois à trois, à quelques secondes de la fin de la prolongation, ils sont tous montés, pour jouer un dernier corner. Sélim a reçu le ballon. Il a shooté de toutes ses forces en direction du but adverse. Mais le gardien l'a repoussé sur sa ligne… et le ballon a rebondi sur la tête d'Angéline avant de retomber dans le but vide.

Quatre à trois ! Cette fois, ils avaient gagné ! Et là, un autre miracle s'était produit. Tous les équipiers d'Angéline s'étaient jetés sur elle pour l'embrasser.

– Mais je ne l'ai pas fait exprès ! disait-elle.

Les autres ne l'entendaient pas. Ils la serraient à l'étouffer tout en continuant de crier : « On a gagné ! On a gagné ! »

Maintenant, les voilà seuls, heureux. Sélim a pris la main d'Angéline.

— Tu sais, lui dit-il. On a encore des progrès à faire, toi et moi...

— Surtout moi, dit Angéline. Parce que toi, tu as le don...

Ils marchent dans le crépuscule naissant, l'un contre l'autre, comme deux amoureux. Mais c'est encore de foot qu'ils parlent...

— Alors, j'ai pensé à truc, reprend Sélim. Je vais m'inscrire dans un club, l'an prochain. Un vrai ! Celui qui joue sur le grand stade de la ville. Il y a des pros, parmi eux... Comme ça, je pourrai commencer à apprendre vraiment le métier...

Il sent, imperceptiblement, Angéline se détacher de lui. Alors, il passe son bras autour de son cou, il l'attire tout contre lui.

— Mais ça ne veut pas dire qu'on ne se verra plus. Au contraire... Sais-tu seulement pourquoi j'ai pensé à ce club et pas à un autre ?

Angéline secoue la tête sans rien dire. Mais elle pense : « Parce qu'il y a des pros ! » Sélim secoue la tête à son tour, comme s'il avait deviné ses pensées. Et peut-être les a-t-il devinées, après tout.

— Parce qu'ils vont créer une section féminine de foot. Et tu seras la première « défensive » de l'équipe des cadets... pardon, des cadettes... et...

Alors, Angéline l'embrasse si fort qu'il ne peut pas continuer. Et c'est elle qui murmure, à la fin :

— Alors, comme les joueurs brésiliens, on se mariera un jour. Un attaquant de pointe et une « défensive » de choc... On fera une équipe complète à tous les deux...

Mathieu, petit frère d'un champion

d'Anne Sophie Stefanini
illustré par Emmanuel Cerisier

- 1 -

Ce matin, Mathieu fut réveillé par de drôles de bruits. Il eut beau rabattre son oreiller, l'édredon, la couverture sur ses oreilles, rien n'y fit : on avait décidé une fois pour toutes de l'empêcher de dormir. Un jour de vacances ! Furieux, il se leva d'un bond, bien résolu à se venger des petits malpolis qui provoquaient un vacarme pareil dans sa rue d'habitude si tranquille. C'était comme si des dizaines de marteaux-piqueurs, de scies électriques, de tondeuses à gazon… avaient décidé de se réunir sous ses fenêtres pour organiser le concours du plus bruyant d'entre eux. Mais patience, la vengeance de Mathieu serait bientôt prête : une bassine d'eau glacée saupoudrée d'une flopée d'injures. Voilà qui réussirait sans doute à les faire taire !

Mathieu avait ouvert sa fenêtre et s'apprêtait à… quand, soudain…

Quelle étrange tempête s'était abattue sur son quartier et l'avait en une nuit transformé au point que Mathieu ne puisse plus le reconnaître ? D'ordinaire, la rue de Mathieu était sans doute la plus paisible, la plus banale de la ville : une toute petite rue sans histoire, quatre immeubles se faisant face tristement, pas de boutiques, pas de cafés. Rien d'autre. C'était la rue des Plantes, des « plantes vertes » comme l'appelait avec ironie Mathieu. C'est dire, on ne pouvait vraiment pas trouver une rue plus tranquille.

Mais là, ce matin, des voitures étaient garées n'importe où et n'importe comment : sur les trottoirs, en travers de la route, et personne ne paraissait y faire attention. Les immeubles s'étaient, semble-t-il, vidés de leurs résidents qui se retrouvaient tous là dans sa rue, sous sa fenêtre, pour rire et pour chanter. Des échos de voix montaient jusqu'à lui : *Ça commence ? Pas encore !* Mathieu avait deviné ce qui se préparait.

Il dévisagea cette foule compacte et tous ces gens, jeunes et vieux, qui s'apprêtaient à préparer un drôle de carnaval en bleu et rouge. Et en blanc aussi. Il reconnut des voisins, des amis et puis ces

Mathieu, petit frère d'un champion

personnages curieux qu'il avait vus parfois à la télévision, mais jamais en chair et en os, qui tiennent un micro dans une main, une caméra dans l'autre, qui courent, qui regardent partout et qui posent vraiment beaucoup trop de questions... Mathieu n'en croyait pas ses yeux : des journalistes, des centaines d'inconnus, des drapeaux tricolores, des chants appelant à la victoire. Et tout cela dans sa rue, sous ses fenêtres.

Tous ces cris de joie et d'impatience mêlés, tout ce désordre... Jamais Mathieu n'aurait cru cela possible. Pourtant, il s'y préparait depuis des semaines, que dire, des mois. Il aurait dû être le premier à crier, à chanter, à réveiller ses voisins. Mathieu se trouva soudain bien bête, encore en pyjama un jour pareil, alors que la ville entière devait être levée depuis l'aube, impatiente, nerveuse jusqu'au moment où le coup d'envoi serait donné ! Il se précipita dans sa chambre, enfila un jean, un vieux tee-shirt, et courut rejoindre ses copains assemblés dans la rue. Mathieu se dit que cette journée ne commençait comme aucune autre, que cette journée n'allait ressembler à aucune autre...

— Alors Mat, tu traînes ? T'as bien failli rater le début, tu sais ! lui dit Nicolas, son meilleur ami, avec un grand sourire plein de malice. Mais, Mat, t'es tout blanc. T'as le trac ? Allez, t'inquiète pas. Tout va bien se passer.

Mathieu lui passa la main sur l'épaule : il avait retrouvé toute son assurance.

149

Histoire vécue

— Ça c'est sûr, on va les écraser !

Sa joie fut communicative et tous ses amis reprirent en cœur le même cri : *victoire, victoire, victoire !*

Aujourd'hui, la France jouait. Pas n'importe quel match… Un match d'ouverture. Pas pour n'importe quelle coupe… La plus belle, la plus prestigieuse, la reine des coupes, la Coupe du Monde !

La France jouait aujourd'hui, mais pas seulement la France. Stéphane, l'idole du quartier, le grand frère chéri, le meilleur copain, Stéphane le Magnifique, aussi. Mathieu, bien sûr, avait déjà vu son frère à la télévision, mais là ce n'était pas pareil. La Coupe du Monde ! Des années qu'il l'espérait, des années qu'il en rêvait. Il en avait, paraît-il, déjà vu deux depuis sa naissance. Mathieu évidemment n'en avait gardé aucun souvenir.

Cette journée, décidément, ne ressemblait à aucune autre ! Ses copains et lui crièrent de plus belle : *victoire, victoire, victoire, Stéphane, Stéphane, Stéphane !*

Dans la rue, ceux qui le reconnaissaient le saluaient de la main, lui adressaient un sourire, parfois même lui tapotaient dans le dos en signe d'encouragement.

— Allez ! On y croit ! Sois courageux, petit !

Les étrangers au quartier, les badauds et surtout les journalistes se contentaient, pour l'instant, de le regarder avec insistance. Mathieu ne voulait pas faire attention à eux, mais il entendait leurs chuchotements, leurs rires étouffés. Il se doutait bien qu'ils cherchaient à analyser chacun de ses gestes, chacune de ses paroles. En l'espace d'une nuit, il était devenu la nouvelle idole de la ville. Comme son frère !

D'ailleurs, ils se ressemblaient tellement. Malgré ses dix ans de moins, on devinait au physique déjà athlétique de Mathieu et à son regard, la même force, le même courage qui avaient fait de son frère le joueur le plus admiré et le plus redouté du championnat français, le meilleur attaquant. Et puis, jusqu'au départ de Stéphane pour cette Coupe du Monde, jamais ils ne s'étaient quittés. Pas une victoire, pas une défaite qu'ils n'aient partagées ensemble, pas un entraînement de l'un ou de l'autre, pas un match auquel ils n'aient assisté.

Pourtant, depuis deux mois, Stéphane n'avait pas donné beaucoup de nouvelles : quelques coups de téléphone, trois ou quatre lettres comme celle-ci : *Tout va bien. Ne vous inquiétez pas. Je vous aime.* Et c'était tout.

« Il se prépare, il se prépare », lui avait un jour dit sa mère. Et, aujourd'hui, au cours de cette journée qui ne ressemblait à aucune autre, la Coupe du Monde démarrait : Mathieu allait enfin savoir à quoi son frère se « préparait ».

D'ailleurs, lui aussi, pendant ces deux mois, il s'était préparé. Il ignorait pourquoi, contre quoi. Il s'était juste souvenu de ce que son frère lui avait appris :

« Souviens-toi bien, ne quitte pas le ballon des yeux, regarde toujours l'adversaire, surveille tes partenaires. Quand on joue, on a huit yeux et des jambes en acier pour aller mettre ce fichu ballon au fond des filets ! D'accord ? »

Tous les échauffements, toutes les passes, tous les stratagèmes, il les avait répétés, cent fois, mille fois, avec les copains de son quartier, l'équipe des Sauterelles, lors de leur entraînement quotidien. Bien sûr, c'était inutile... Bien sûr, ça n'aiderait pas son frère. Mais Mathieu s'en fichait. Lui aussi voulait se « préparer ». C'était devenu son obsession, son secret. Sa chambre s'était métamorphosée en la place forte d'un mystérieux état-major. Tout ce que ses copains et lui trouvaient sur les équipes participantes, les joueurs et leurs points forts, leurs faiblesses, les entraîneurs et leurs méthodes, les terrains et les ballons... ils le rassemblaient là. Ces renseignements étaient alors triés, analysés par ces petits experts et, s'ils étaient d'une importance jugée suprême, ils étaient conservés et affichés au mur.

Ce petit comité se réunissait au moins une fois par semaine afin d'organiser le combat, de s'assurer de la victoire : il fallait se préparer. Pour cela, Mathieu avait imposé à son équipe, et surtout à Nicolas, une discipline de fer qui, c'était certain, devait rivaliser avec les méthodes les plus dures de nombreux entraîneurs : pas de télévision, pas de sorties, plus de rendez-vous galants avec les jolies filles du quartier ! C'était strict mais, au moins, comme cela, ils seraient prêts, le moment venu, à livrer bataille.

Ses parents n'avaient pas vu toute cette excitation à deux mois de la Coupe du Monde d'un très bon œil :

– Vraiment Mat, tu n'as rien d'autre à faire ? Laisse ton frère travailler et toi, fais-en autant. Tes notes ne sont pas bonnes ce mois-ci. Taper dans un ballon ne t'aidera pas à passer dans la classe supérieure. Pendant la Coupe du Monde, tu seras en vacances, tu auras tout le temps d'y penser. Pour l'instant, révise plutôt ta leçon d'anglais.

Mathieu et ses copains avaient dû continuer en cachette. Maintenant, ce n'était plus la peine : les vacances étaient là, leurs parents étaient finalement contents de leur année scolaire. Eux aussi, ils ne pensaient plus qu'à la Coupe du Monde !

Les gens tout autour riaient, chantaient fort. Mais Mathieu et Nicolas n'en avaient vraiment aucune envie. Ils guettaient le moment. Comme il n'y avait pas de café dans la rue des Plantes – de toute manière, il aurait été trop petit pour accueillir tout le monde –, les voisins avaient descendu leurs télévisions et les avaient déposées devant leur immeuble, sur le trottoir. De petits groupes s'étaient formés tout autour. Les images étaient un peu floues, mais le son était bon, relayé par des dizaines d'amplis accrochés aux balcons des maisons. Il suffirait de fermer les yeux et de laisser l'imagination faire…

Soudain, les cris et les chants cessèrent. Un silence pesant s'abattit sur la rue, sur le quartier, sur la ville… Les publicités venaient de s'achever.

Histoire vécue

Les joueurs avaient fait leur entrée sur le terrain. Bientôt, on entonnerait la Marseillaise.

Les deux hymnes venaient de s'achever. Les supporters de chaque équipe en avaient profité pour impressionner l'adversaire : on chantait faux et fort dans les tribunes.

Là, dans la rue, devant les écrans de télévision, les copains de Mathieu ne se contentaient pas de hurler, ils tapaient des mains, des pieds, ils trépignaient et sautaient dans tous les sens.

— Allez Stef, montre-leur ce dont tu es capable. On est avec toi. Victoire, victoire, Stéphane, Stéphane !

Et puis, un silence pesant à nouveau s'installa. Dans les tribunes du stade comme dans la rue, les visages étaient tendus, les poings crispés. On retenait son souffle. Dans quelques secondes, le coup d'envoi allait être donné. Les joueurs se positionnaient sur le terrain.

Mathieu aperçut son frère, le temps d'un éclair, puisque le cameraman n'avait filmé qu'une vue d'ensemble de l'équipe avant de zoomer sur les supporters déchaînés. Pourtant, Mathieu était certain que, pendant ce court instant, Stéphane s'était tourné vers la caméra et lui avait fait un petit geste, un signe qui ne s'adressait qu'à lui. Son cœur battait la chamade. Encore quelques instants de patience et tout commencerait, tout pourrait arriver...

Ça y est : le sifflet strident de l'arbitre venait de retentir ! Un journaliste hurlait à l'antenne ses com-

Mathieu, petit frère d'un champion

mentaires passionnés, *comme le ballon roule, le taureau est lâché*, avec cette voix étrange que tous les habitués connaissent bien, une voix de robot mécanique programmée pour un débit de phrases à la minute, croissant ou diminuant en fonction de la vitesse du ballon, et pouvant effectuer lors d'une attaque des pointes à plus de onze mots à la seconde, sans bafouiller ou presque. Sans exagérer !

Mathieu le savait bien. D'habitude, il s'amusait à les compter mais, aujourd'hui, ça ne l'intéressait plus. Il n'écoutait pas, il n'entendait rien. Il regardait les écrans de télévision, les sourcils froncés, les yeux fixés sur le ballon, immobile, les poings serrés. Le monde qui l'entourait avait disparu. Mathieu courait, tapait dans le ballon, faisait une passe, dribblait l'adversaire. Il était dans le match. Il ne se doutait pas que, tout autour de lui, les gens le regardaient, guettaient ses réactions. Ils avaient un œil sur les joueurs et un autre sur « le petit Mathieu » comme ils l'avaient déjà surnommé en hommage « au Grand Stef ». Mathieu restait impassible. Il se taisait dans ce concert continu d'exclamations, de protestations ou d'injures.

– Allez tire, tire donc. Et pourquoi il ne tire pas ton frère ?

– Faute, faute ! Il a tiré sur son maillot !

– Il est passé où, l'arbitre ?

Même les attaques répétées des joueurs français pour l'instant tristement infructueuses, ou les tirs encore mal ajustés qui venaient tout de même frôler les poteaux, ne parvenaient pas à déconcentrer

Histoire vécue

Mathieu et les « Ah », les « Oh », les « Oh-Ah » et les « Ola » ou les « Olé » poussés par ses amis restaient sans réponse.

– Dis, Mathieu, tu dors ? Eh, tu m'entends ? Réveille-toi ! C'est fini, le match est terminé. Fini, tu comprends.

Mathieu n'entendait pas, il ne comprenait pas encore. Il reprenait son souffle. Pendant quatre-vingt-dix minutes, deux grosses boules – l'une dans sa gorge, l'autre dans son ventre – l'avaient empêché de respirer. Même pendant la mi-temps, alors que la France avait ouvert la marque et dominait avec un but d'avance, Mathieu n'avait pu retrouver ses esprits. Il était resté prostré, regardant les publicités d'un œil vide, sans les voir.

Son frère avait marqué ! Profitant d'une passe superbe, contournant un à un ses adversaires, dribblant avec une telle facilité que le ballon paraissait être collé sur sa chaussure, Stéphane avait frappé avec une telle puissance que le gardien de but était resté immobile et que les filets avaient paru se déchirer en deux en recevant le ballon.

Stéphane avait marqué le premier but de la Coupe du Monde ! Mathieu imaginait son frère, regagnant les vestiaires, fier et heureux bien qu'exténué, les jambes lourdes, le souffle court, écoutant les conseils des entraîneurs entendus une bonne centaine de fois et qu'il se répétait dans sa tête, comme un refrain, pour se donner du courage : *du nerf, de la vitesse, de la précision et de la puissance. Vous n'êtes pas seuls, servez-vous de vos parte-*

naires. Ne laissez pas vos adversaires vous surprendre. Tenez-vous sur vos gardes. Faites-vous plaisir. Donnez-nous du plaisir. Allez debout et du nerf...

Les voisins de Mathieu avaient bien essayé de le distraire un peu, de lui offrir à boire. En vain. Le garçon voulait rester dans son rêve et dans son cœur avec son frère.

Quand la France paraissait devoir, de toute évidence, l'emporter contre l'Espagne, menant déjà après vingt minutes de reprise trois à zéro, Mathieu était resté concentré. Il se souvenait des conseils de son frère :

« Ne jamais fêter la victoire avant la fin du match. Se battre toujours et tâcher de marquer encore. »

Stéphane avait marqué le quatrième et dernier but sur un coup franc de la tête. Il avait semblé à Mathieu que lui aussi avait reçu le ballon sur le front et l'avait dirigé d'un coup sec au fond des filets, trompant la vigilance du gardien et des défenseurs.

Le coup de sifflet final avait retenti. Mathieu pouvait respirer à nouveau. Stef avait gagné. Et ce n'était que le prélude à une longue et inattendue série, pour lui et pour la France. L'histoire débutait.

– Victoire, victoire, victoire ! continuaient à crier ses copains, encouragés par cette première bataille magistralement remportée.

Mais Mathieu se taisait : pour lui, le plus dur était encore à venir.

Histoire vécue

- 2 -

Jamais Mathieu n'aurait imaginé un tel enthousiasme, une telle joie !

Même les gens plutôt enclins d'habitude à râler, à persifler contre les joueurs de foot *bêtes comme leurs pieds et payés des millions tout ça pour quoi ? Taper dans un ballon.* Oui, même ces gens-là, méchants, amers, qui autrefois les bousculaient, lui et son frère, les appelaient « petites choses » ou « petits vauriens », Mathieu les voyait porter fièrement le maillot de l'équipe de France et sourire avec fierté à chaque nouvelle victoire. Les plus timides se contentaient de lui adresser des regards mielleux de loin, ou de le saluer de la tête, d'un geste amical. Les plus audacieux venaient le trouver à la sortie de son entraînement quotidien, ou lorsqu'il s'amusait seul dans la rue à taper avec son ballon contre les murs sans fenêtre et les portes des garages.

– Alors, c'est toi le petit frère de Stéphane le Magnifique ?

– Et oui, répondait Mathieu, un peu impressionné.

– C'est vrai que tu lui ressembles. Toi aussi, tu veux faire du foot ?

– Euh… je ne sais pas trop. Peut-être !

Mathieu rougissait. Il était de plus en plus mal à l'aise.

– Oh, on peut te comprendre. Nous aussi, on aurait bien aimé, mais bon, on n'a pas des relations comme toi ! Et il gagne beaucoup ton frère ?

— Je ne sais pas.

Là, Mathieu commençait à sentir une grosse colère monter en lui.

— C'est vrai que sa fiancée, c'est celle qu'on voit dans les journaux ? Elle est drôlement jolie.

Mathieu avait beau leur dire d'arrêter de lui poser toutes ces questions et de le laisser tranquille, ils ne l'écoutaient pas. Tous ces gens qu'il connaissait à peine, parfois même qu'il n'avait jamais vus, venaient lui parler par intérêt, par jalousie ou par curiosité. Il fallait admirer cette bête étrange, cet exemplaire unique : le frère de Stéphane, le petit apprenti joueur qui rêvait de faire comme son grand frère. En réalité, ils n'aimaient pas vraiment le foot et, une fois la Coupe du Monde finie, ils oublieraient tous ces joueurs qu'ils avaient admirés. Mathieu savait bien que leur amitié ne durerait pas. Et pourtant, à les voir crier, chanter, trépigner, se ronger les ongles, oublier leur travail, leurs soucis, le temps d'un match, il était presque prêt à croire qu'eux aussi avaient soudain attrapé cette « maladie du football », cette passion pour le ballon rond qui, une fois qu'elle s'est emparée d'un homme, ne le quitte jamais. Même si Mathieu se doutait que parmi tous ses nouveaux « amis », il y avait des traîtres, des hypocrites, des menteurs, il se sentait flatté de voir que l'équipe de France était en train de bouleverser leur vie. On voyait les hommes après le travail jouer avec leurs enfants. Les mères, quant à elles, se servaient du foot pour se faire obéir : *si tu ne finis pas ton assiette, jamais tu ne seras grand et fort, jamais tu ne pourras devenir un footballeur. Jamais tu ne pourras marquer comme Stéphane le Magnifique.*

Rien ne paraissait plus pareil : les gens dans les cafés, dans les transports, en famille ou avec des amis, ne parlaient plus que de ça ! La France irait-elle jusqu'en finale ? Bien sûr, elle était sortie première de son groupe. Bien sûr, elle l'avait emporté facilement en huitième et en quart de finale contre l'Allemagne et l'Angleterre, deux redoutables équipes. Mais tout ça, ce n'était peut-être que de la chance ? Peut-être allait-on s'apercevoir bientôt que la France n'avait aucun talent ? Peut-être avait-on triché pour arriver jusque-là : les joueurs s'étaient drogués et les entraîneurs avaient payé l'arbitre ou l'équipe adverse ? Ce Championnat du Monde était devenu le sujet préféré des Français, avant la météo et les amours tumultueuses des rock stars et des princesses ! Les « peut-être », les « si » revenaient dans toutes les conversations.

Les journalistes utilisaient à leur profit, comme ils le pouvaient, ce qu'ils appelaient ce « nouveau phénomène de mode ». Les journaux télévisés, les radios, la presse écrite, voulaient tous trouver « l'information incroyable, en exclusivité, dont personne ne se doute ». Ils faisaient de longs reportages sur les joueurs et leur petit-déjeuner, les joueurs et leur entraînement, les joueurs au repos, les joueurs et leur femme…

Mathieu, petit frère d'un champion

Ils avaient épuisé tous les sujets possibles alors que la demi-finale n'était pas encore jouée et qu'il leur fallait tenir en haleine leurs lecteurs. C'est alors qu'ils pensèrent à Mathieu. Mathieu, le petit joueur de l'équipe des Sauterelles de son quartier. Mathieu, le petit frère de l'idole à qui il ressemblait tant. Grâce à lui, les journalistes pourraient écrire encore et encore et, qui sait, dénicher « l'information incroyable, en exclusivité, dont personne ne se doute ».

C'est ainsi que, pour la première fois, Mathieu dut affronter caméras, flashs et micros. Les journalistes l'avaient tout d'abord suivi, épié, sans lui parler, sans l'interroger. Ils s'étaient contentés de prendre des notes sur des petits cahiers : à quoi ressemblait Mathieu, ce qu'il aimait, qui étaient ses amis, était-il un bon joueur de foot, pourrait-il un jour surpasser son frère…

Et puis, un mercredi après-midi, Mathieu s'était rendu sur le terrain de sports municipal où il avait rendez-vous avec son amie Zoé. Mathieu était impatient. Il était arrivé très en avance et il ne lui restait plus qu'à attendre. Il fit quelques étirements et il commença à jouer avec le ballon, le faisant rebondir sur son pied, sur son genou, sur son épaule. C'était un jeu d'adresse et de rapidité que Stéphane lui avait appris et qui impressionnait toujours beaucoup ses copains.

Soudain Mathieu entendit le crépitement des flashs. Des dizaines de journalistes, qu'il n'avait pas vu arriver tant il était concentré sur le ballon, l'en-

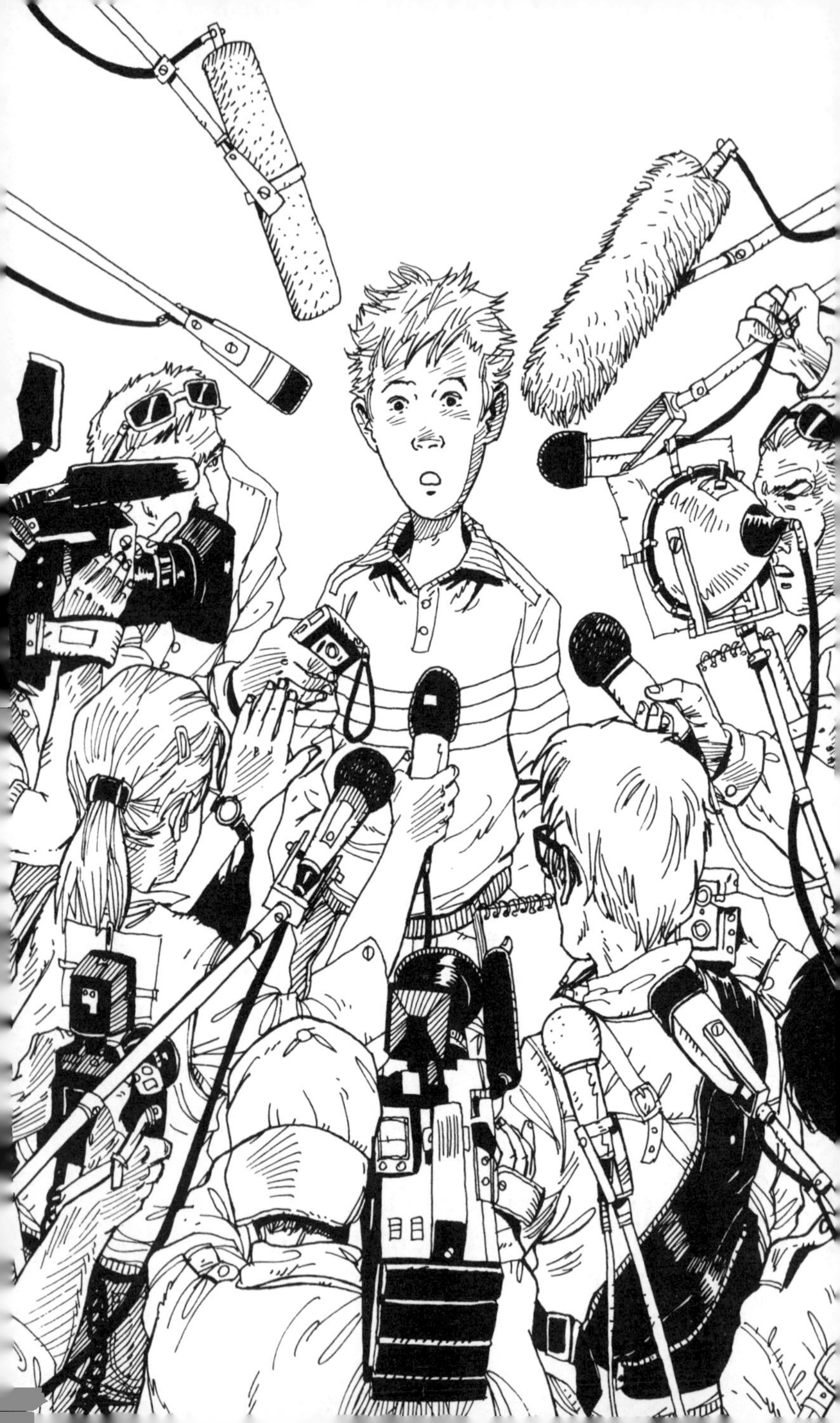

touraient. Ils agissaient comme si Mathieu n'était qu'un objet. Ils prenaient des photos, tournaient autour de lui comme des mouches. Ils lui ordonnaient de sourire, de les regarder ou de continuer à jouer.

Mathieu ne savait plus quoi faire. Il tremblait. Il avait mal à la tête. Il avait peur.

Alors, sans même ramasser son sac et le ballon, il s'enfuit. Il courut à toute allure hors du terrain de foot, mais il entendait toujours derrière lui le pas pressé des photographes. Même après les avoir semés, Mathieu continua à courir. Il arriva chez lui, gravit quatre à quatre les marches de l'escalier et alla s'enfermer à double tour dans sa chambre sans dire un mot à ses parents, surpris de le voir rentrer si tôt. Jamais Mathieu n'avait été aussi effrayé !

Ce n'est que lorsqu'il reprit son calme et qu'il put raconter sa mésaventure que Mathieu songea à la belle Zoé qui avait dû l'attendre tout l'après-midi. Il maudit alors les journalistes qui lui avaient fait manquer un rendez-vous si important.

Alors, on commença à parler de Mathieu dans les journaux, à la radio. Le père de Mathieu ne lui avait encore rien dit de ce qui se passait, mais voilà ce qu'il pouvait entendre chaque matin en prenant sa douche, en attendant le métro : *D'où vient la réussite de Stéphane ? Quatre buts en trois matches !* Les sociologues, les hommes politiques, les spécialistes sportifs... tous avaient un avis sur la question et tous s'accordaient sur un point : c'était grâce à son frère !

Les médias de son quartier, ceux qui le connaissaient le mieux, furent les premiers à s'intéresser à lui. Puis, peu à peu, toute la presse avait voulu raconter la « petite vie du petit frère ». C'est alors que la légende de Mathieu est née. Chaque jour, les chroniqueurs sportifs terminaient leur reportage sur lui. *Et pour finir, comme à chacune de nos émissions, un petit mot sur Mathieu. Ce soir, parlons de sa...* Et ils évoquaient ses envies, ses rêves. Ils les inventaient le plus souvent, mais les gens finissaient par croire à ces histoires et à aimer ce petit bonhomme qu'ils ne connaissaient pas. Le nom de Mathieu était sur toutes les lèvres, dans tous les cœurs. Pour tous les supporters, tous les amoureux du foot, il était devenu une sorte d'emblème, de totem, de symbole, de mascotte, de madone... Sa gloire égalait désormais celle de son frère. Pour tous, ils étaient devenus indissociables.

Mathieu désormais ne vivait que pour le foot et rien que pour lui. Au fur et à mesure que la France battait ses concurrents et qu'une place en demi-finale était de plus en plus envisageable, il s'était enfermé dans une « bulle de foot » qui le coupait du monde qui l'entourait. Il refusait volontairement de voir ce qui s'y passait. Il était aimé par des milliers de personnes et il n'en savait rien !

Alors que Stéphane n'avait pas donné de ses nouvelles avant le début de la coupe, il appelait maintenant sa famille une à deux fois par jour. Lorsque la sonnerie retentissait dans l'appartement,

Mathieu abandonnait immédiatement ce qu'il faisait et courait jusqu'à l'appareil pour être le premier à lui parler. Alors il entendait à l'autre bout du fil la voix toute joyeuse de son frère, un peu différente bien sûr à cause de la distance :

– Salut petit frère, comment ça va ? Je ne te manque pas trop ? Tu ne t'ennuies pas ? Avec papa et maman, tu arrives à te défendre sans moi ? Alors... tu ne réponds pas ? Tu n'as rien à me dire ?

– Si, si, ça va.

– C'est tout ?

– Euh... ben oui !

– Bon allez, passe-moi papa.

La plupart du temps, Mathieu n'osait pas parler à son frère. Il avait un peu peur de le trouver changé. Il avait peur que sa vie à Paris, si tranquille loin des projecteurs de la Coupe du Monde ne l'intéresse pas. Parfois, losqu'il avait du courage, il retrouvait son frère comme s'il ne l'avait jamais quitté.

– Ah, ça tombe bien que tu appelles. J'ai regardé le match à la télé hier soir et ça n'allait pas, mais alors pas du tout. Tu manques une passe, tu rates une frappe. Nicolas a dit que tu avais l'air fatigué dès les dix premières minutes et je suis d'accord avec lui !

– Oh eh, petit frère, doucement ! Je voudrais bien t'y voir. C'est dur tu sais. Et puis de quoi te plains-tu ? On a gagné non !

– Tout juste, tout juste. La chance était avec vous sans doute.

Histoire vécue

– Le talent surtout !
– Non, non, la chance.
Et ils partaient d'un grand éclat de rire.

Si les nouvelles étaient bonnes, Mathieu se détendait, s'amusait, sortait avec ses copains ; mais, si son grand frère manifestait le moindre signe de fatigue, de lassitude, d'anxiété, Mathieu se sentait alors investi d'une mission : aider Stéphane par tous les moyens, même s'ils étaient à des centaines de kilomètres de distance l'un de l'autre. Du coup, toute la journée, il s'entraînait et s'entraînait encore, sans presque dire un mot à quiconque. Il espérait que cette preuve de courage parviendrait jusqu'à Stéphane et lui rendrait toutes ses forces.

Depuis deux semaines, il n'avait pas allumé la télévision, ni ouvert un seul journal ! Il ne vivait plus que dans l'attente de la demi-finale. Bien sûr, il avait remarqué que tout le monde – ses parents, ses amis, les commerçants et même la divine Zoé dont il était secrètement fou amoureux, la belle Zoé qui d'habitude ne souriait jamais car, disait-elle, cela froissait son visage – était plus joyeux. Mais il pensait tout naturellement que cette bonne humeur générale était l'une des conséquences de la Coupe du Monde et des victoires successives de la France. Toute l'agitation que provoquait parfois son entrée dans une pièce, les murmures, les chuchotements, les rires étouffés, ne l'inquiétaient pas. Il n'y prêtait même pas attention ! Ce n'est que le soir de la demi-finale que le brouillard épais qui l'entourait se dispersa et que Mathieu découvrit avec stupeur ce qui se passait : ce qu'on avait dit sur lui et ce qu'on racontait encore…

- 3 -

La France jouait contre un adversaire redoutable : l'Italie. Une équipe superbe qui disposait des attaquants les plus agressifs, de défenseurs sûrs et difficiles à surprendre, d'un gardien de but pareil à un mur de pierre, d'un entraîneur qui, tel un stratège, avait placé les joueurs sur le terrain de façon parfaite en fonction des possibilités et des défauts de chacun. Cette équipe avait tout gagné : elle pouvait se vanter de n'avoir aucun trophée manquant à sa collection et, pourtant, elle se battait, à chaque fois, avec la même hargne, la même détermination. Tous le reconnaissaient avec résignation et amertume : cette équipe était presque impossible à battre. Pourtant Mathieu croyait fermement en la victoire !

Mathieu, cette fois-ci, n'était pas descendu dans la rue : il était resté chez lui avec ses parents et avait invité quelques copains. Sa mère leur avait préparé un repas « télé foot » comme il les aimait : des jus de fruits, trois bonnes pizzas faites maison et un gâteau surprise uniquement en cas de victoire éclatante sinon… pas de dessert ! Les parents de Mathieu avaient décidé de regarder le match avec eux et, pour une fois, personne ne trouva rien à redire. Stéphane avait appelé

Histoire vécue

quelques heures avant le coup d'envoi. Le téléphone était passé dans toutes les mains :
— Allez, fils, du courage !
— Joue bien, grand frère, je te regarde.
— On pense à toi, le Magnifique.

Maintenant Stéphane était sur le terrain. Chacun fixait la télévision.

Ce fut un match inoubliable ! L'un des plus beaux sans doute que Mathieu ait jamais vu. Aucune équipe ne voulait freiner la cadence infernale qui rythmait le jeu. Aucun joueur ne voulait paraître affaibli, fatigué, de peur d'être remplacé. Le ballon allait et venait sur le terrain, les attaques et les contre-offensives se succédaient. Les deux adversaires avaient eu bien des occasions de marquer, mais toutes les tentatives jusqu'à la quatre-vingt-septième minute avaient été infructueuses. Le poteau, la barre transversale, un défenseur avisé, l'habile gardien de but... avaient empêché le ballon de venir se placer au fond des filets. Les attaquants étaient dépités.

Et puis, soudain, trompant la vigilance de tous les joueurs y compris celle de ses partenaires, Stéphane avait jailli. Sans commettre de hors-jeu, il avait percé le mur de la défense et s'était dirigé seul vers les buts. Alors que personne n'avait pu le rattraper, il avait tiré et marqué.

Dans les tribunes de l'équipe adverse, la stupeur et l'effroi étaient sur tous les visages. Les bras ballants, certains s'étaient assis et pleuraient d'amertume. Leur faisant face, dans les tribunes françaises à l'autre bout du stade, tous les supporters laissaient éclater leur joie après de si longs moments de suspense : on s'embrassait, on chantait, les plus audacieux entraînaient les plus timides dans une farandole endiablée zigzaguant entre les sièges. Chez Mathieu et ses parents, la même farandole avait été créée entre les fauteuils, les canapés, sur les lits. D'habitude si calme, si impassible, presque froid, le père de Mathieu menait la danse et la petite troupe s'était dirigée vers l'escalier, tambourinant à toutes les portes. Ils étaient venus se mêler à la foule rassemblée dans la rue qui tapait des mains à un rythme effréné.

Tous le savaient. À trois minutes du coup de sifflet final, la France, par le pied de Stéphane, venait de se qualifier pour la finale. Les joueurs de l'équipe adverse ne se battaient plus. Eux aussi le savaient : ils n'arriveraient plus à remonter au score. L'équipe française ne les laisserait pas passer.

Soudain, une exclamation – qu'au départ Mathieu n'avait pas réussi à comprendre – s'était élevée dans les tribunes, reprise par toute la foule comme un refrain, comme une devise. Dans la rue des Plantes, tous s'étaient alors tournés vers Mathieu et tapaient dans les mains, en répétant cette même phrase. Mais Mathieu ne parvenait toujours pas à saisir la signification de ce brouhaha informe. Et puis, son père et Nicolas s'étaient penchés à son oreille et lui avaient murmuré tout bas ce que tous chantaient tout haut :

Histoire vécue

Stef et Mat, Stef et Mat, Stef et Mat !
Le coup de sifflet avait retenti. Mathieu avait compris. La France était en finale et, pour tous les amoureux du foot, Stéphane et Mathieu étaient devenus des idoles. Pour la première fois et au même moment, ils se rendirent compte tous deux du mythe qu'ils représentaient et que, patiemment, semaine après semaine, victoire après victoire, les journalistes, les supporters, avaient bâti à leur insu. Pour Mathieu, l'étonnement céda face à la joie. Le foot l'emporta sur l'orgueil. Stef était en finale. La France pouvait gagner, et seul ce fait comptait.

- 4 -

Dans moins d'un jour, tous connaîtraient le nom du vainqueur de la Coupe du Monde. Mathieu avait du mal à s'en rendre compte, ces semaines étaient passées si vite. Il n'avait eu vraiment aucun moment de repos et, maintenant que l'échéance tant attendue approchait, alors qu'il aurait du ressentir de la joie, de la fierté, de l'excitation, il n'éprouvait rien d'autre qu'une immense fatigue et une peur bleue. Il aurait aimé pouvoir rallonger les jours, les heures, les nuits. Mais la finale arrivait à grands pas.

Depuis la victoire de la France en demi-finale, Mathieu était resté cloîtré chez lui avec ses parents. Il n'avait aucune envie de rencontrer à nouveau des journalistes ou de simples curieux, de subir leurs interrogatoires, leurs questions insolentes. Qui sait, peut-être qu'on lui aurait demandé de signer des autographes, à lui, le simple petit joueur de l'équipe des Sauterelles ! Non vraiment, il n'était pas préparé à tout cela ! Ses copains venaient le voir plusieurs fois par jour pour lui raconter ce qui se passait dehors, lui apporter des journaux.

Cette fois, les habitants de la rue des Plantes ne descendraient pas leur télé sur le trottoir pour regarder le match. Monsieur le maire avait fait installer un écran géant pour l'occasion. On racontait que le ministre des Sports allait venir, et peut-être même le président ! Décidément, Mathieu n'était vraiment pas préparé à tout cela.

Histoire vécue

Comme les jours précédents, avec ses copains, il avait organisé la bataille : chacun avait choisi un joueur de l'équipe adverse et avait rassemblé toutes les informations qu'il avait pu trouver sur lui. Mathieu et ses amis connaissaient ainsi tous les défauts, toutes les faiblesses de la formidable équipe du Brésil, que la France allait affronter : comment dribbler leur défenseur fétiche ? comment tacler leur redoutable attaquant ? comment marquer au moment où le gardien s'y attend le moins ?

Chaque fois qu'il avait collecté une nouvelle information, Mathieu téléphonait à son frère. Bien sûr, à l'autre bout du fil il n'y avait que son répondeur, mais Mathieu s'en fichait car, chaque soir, Stéphane écoutait ses messages. Il lui exposait alors tous les plans, tous les stratagèmes qu'il avait élaborés. Mathieu en était sûr : grâce à ces informations secrètes, grâce à cette « armée de l'ombre » qui travaillait pour lui, Stéphane ne pouvait que remporter. Hier, il lui avait laissé un dernier message :

« Bon, t'inquiète pas Stef, on pense à toi. Et puis, après tout, tu n'as pas à t'en faire, ce n'est qu'un match, tu me le répètes toujours. Avec Nicolas et les copains, on est sûr de t'avoir bien conseillé. Tu n'as rien à craindre. Pour ce soir, pas de recommandation spéciale. Ne mange pas trop lourd : rien de gras et de sucré, couche-toi tôt, dors bien, réveille-toi à sept heures, prends un bon petit-déjeuner : du thé, pas de café, une orange et, si tu arrives à en trouver dans ce pays lointain où tu te trouves, une baguette, du beurre et de la confiture. Cela ne sert à rien de t'entraîner, il faut juste te concentrer. Voilà c'est tout. »

Oui, malgré la peur, la tension et la fatigue toujours présentes et croissant chaque jour davantage, c'était sûr : une fois de plus, la France gagnerait.

Le matin de la finale, un journaliste était venu voir Mathieu sur le terrain municipal où il s'entraînait toujours. Mathieu avait d'abord pensé faire le sourd et muet et puis, finalement, il avait accepté de discuter avec lui. Après tout, il n'avait pas l'air si méchant et il ne voulait pas que l'on dise que le frère du Magnifique n'était qu'un petit malpoli.

Mathieu ne voulait pas l'affronter tout seul : il l'avait invité chez lui avec ses parents, ses amis, ses voisins, tous ceux qui connaissaient et aimaient Stéphane depuis longtemps. Et cela faisait beaucoup, beaucoup de monde ! Le journaliste avait l'air un peu perdu :

— Alors, tu... enfin plutôt vous, comment vous sentez-vous à quelques heures du match.

— Détendu, répondait l'un.

— Ah non, non, confiant ! rectifiait un autre, stressé, paniqué.

— Mais enfin, vous allez laisser Mathieu s'exprimer, hurlait Nicolas.

Et Mathieu répondait en souriant :

— Un peu tout cela à la fois.

Le journaliste n'avait pas l'air très content. Il posa une autre question :

Histoire vécue

— Et quel est ton pronostic ?

Évidemment, chacun se leva, donna son avis, critiqua son voisin. Le journaliste, de moins en moins satisfait, avait raté son interview exclusive ! Mathieu et Nicolas en profitèrent pour s'échapper. Ils se dirigèrent, bras dessus, bras dessous, vers la place de la mairie où se trouvait l'écran géant.

— T'as peur, toi ? lui demanda Nicolas à mi-chemin.

Mathieu n'osa pas lui avouer qu'il sentait son cœur et son estomac se nouer, ses genoux trembler, ses mains et son front devenir moites.

— Non, non, ça va.

Au son de la voix, Nicolas comprit que c'était un mensonge. Mathieu savait que Nicolas avait deviné et c'était bien ainsi. Ils accélèrent le pas pour être les mieux placés devant l'écran géant. Peu à peu, les copains, la famille, les voisins, la ville entière les rejoignirent.

Premiers pas sur le terrain, quelques poignées de main, ola, coup de sifflet, premières passes. Ça y est, c'était la finale ! Mathieu n'avait plus peur. Bien sûr, lorsque Stéphane avait touché pour la première fois le ballon, il avait senti son sang se figer. Mais ce n'était plus la peur : un mélange d'impatience, de fierté, d'envie….

Et puis, il se passa une chose extraordinaire que Mathieu lui-même n'aurait pas pu prévoir, ni expliquer : il ne regarda pas le match ! Quelques minutes, deux trois passes, trois quatre fautes, c'est tout ! Alors que d'habitude son regard restait fixé avec intensité sur l'écran, épiant Stéphane, à l'affût de chaque attaque, de chaque geste décisif, oubliant les gens qui l'entouraient, indifférent, pour vivre seul ces moments exceptionnels de football, pour la première fois, il se mit à observer la foule attentive et silencieuse autour de lui. Il lisait dans les yeux de chacun, la même crainte, les mêmes rêves. Il devinait aux expressions de leurs visages, la joie du but à venir, la déception après une attaque manquée, la colère pour une faute qui n'aurait pas dû être commise.

Il ne regarda pas le match, mais le vit à travers eux. Pour la première fois, il comprit qu'il ne voulait plus vivre sa passion seul ou avec ses copains, mais la partager avec les autres. C'était donc ça le foot : des milliers de personnes, coude à coude, regardant un écran magique, emportés, transportés, ensemble.

Pendant tout le match, Mathieu promena ainsi son regard sur ces visages parfois familiers, souvent inconnus. Il écouta leurs commentaires de stupéfaction ou de peine qui l'agaçaient tellement avant.

La France gagna la coupe ce soir-là et Stéphane fut le premier à brandir le majestueux trophée. Mathieu, lui, avait gagné bien autre chose : il avait vécu son plus beau match et il tenait un autre trophée dans ses bras, un petit garçon qui ne pouvait

Histoire vécue

pas voir l'écran et qu'il avait porté sur ses épaules. Il lui avait murmuré à l'oreille :

– Moi, plus tard, je veux faire comme le monsieur sur la télé qui court, saute, tombe, tape du pied et lève les bras en l'air.

– Moi aussi, lui avait répondu Mathieu.

Tous deux, ils avaient vécu leur première Coupe du Monde.

Biographies

Biographies

C'est d'la balle !
de Barbara Castello et Pascal Deloche
illustré par Bruno Bazile

Barbara Castello et Pascal Deloche

Globe-trotters des mots et des images, ils parcourent le monde depuis plus de quinze ans et publient leurs reportages en France et en Europe. Journaliste pour la première, reporter pour le second, ils écrivent à quatre mains la plupart de leurs textes. Pascal Deloche a créé et écrit la série *Médecins de l'impossible* chez Hachette Jeunesse (Bibliothèque verte).

Bruno Bazile

Il dessine pour la publicité, la presse enfantine et illustre des romans jusqu'à ce que Dargaud le fasse entrer dans le monde de la bande dessinée avec la série *Forell et fils* (scénario de Michel Plessix). Son dessin, entre ligne claire et réalisme, est d'une lisibilité frappante.

Biographies

Intelligences Artificielles Football League
d'Emmanuel Viau
illustré par Jean Trolley

Emmanuel Viau

Il se passionne pour la science-fiction, les jeux et la musique. Quand il ne lit pas, il est journaliste à *Je Bouquine* et écrit des histoires pour la jeunesse. Son rêve serait de jouer en concert sur la Lune, sur Mars ou même en dehors du système solaire…

Jean Trolley

Après avoir étudié le piano classique et le jazz, il devient saxophoniste professionnel tout en exerçant divers métiers. À partir de 1980, il se lance dans l'illustration et publie aux éditions Magnard, Atlas, Nathan et Zulma. Il travaille sur de nombreux sujets historiques et collabore régulièrement à la revue *Histoire médiévale* (éditions Harnois). Passionné de cinéma, il a également de nombreux projets de bande dessinée.

Biographies

Mort à la mi-temps

de Patrick Cappelli
illustré par Dominique Rousseau

Patrick Cappelli

Journaliste passionné par les voyages en général, et l'Asie en particulier, il a fait avec la collection Z'azimut chez Fleurus ses premières armes dans l'univers de la jeunesse.

Dominique Rousseau

Il a étudié le cinéma, joué dans des groupes de jazz et interprété différents rôles au théâtre. Il fait ses débuts dans la bande dessinée en 1978, dans *BD Hebdo* puis *Charlie Mensuel*. Dessinateur de *Condor* chez Dargaud, il collabore régulièrement à la revue *Je Bouquine*. Il anime des ateliers et des stages pour enfants et adultes autour de la BD.

Biographies

Immortel

d'Emmanuel Viau
illustré par Christophe Quet

Emmanuel Viau

Il se passionne pour la science-fiction, les jeux et la musique. Quand il ne lit pas, il est journaliste à *Je Bouquine* et écrit des histoires pour la jeunesse. Son rêve serait de jouer en concert sur la Lune, sur Mars ou même en dehors du système solaire…

Christophe Quet

Influencé par les comics américains et les mangas japonais, il envoie un jour ses illustrations à « Casius Belli » ; elles attirent aussitôt les louanges des connaisseurs. Il publie alors la série *Travis*, ou les mésaventures d'un routier de l'espace en 2050 (scénario de Fred Duval). Entre ses sorties au cinéma, ses lectures de romans policiers et de SF, il travaille aussi pour *Sciences et Vie Junior*.

Biographies

Une « défensive » de choc !
de Giorda
illustré par Marc Bourgne

Giorda

Originaire de Marseille, il n'a jamais pu se résoudre à quitter son Midi natal. C'est dans une vieille ferme du Lubéron entourée d'arbres qu'il s'adonne à l'écriture. Il a publié quelque quatre-vingts titres pour tout public et plus de vingt romans pour la jeunesse (Bayard, Milan, Hachette, Hatier, Presse Pocket), parmi lesquels *Les naufragés du Bounty* a reçu le prix de littérature jeunesse de la SGDL et *Un tambour pour la République* le prix Saint-Exupéry.

Marc Bourgne

Après avoir enseigné l'histoire et la géographie, il se lance dans la bande dessinée avec *Être libre*, désormais disponible sous le titre *Dernière frontière* aux Éditions Théloma-Carabas. En 1998, les Éditions Dargaud lui confient la reprise de l'une de leurs mythiques séries, *Barbe Rouge,* sur un scénario de Christian Perrissin. Il travaille actuellement sur une série policière intitulée *Frank Lincoln* : les trois premiers tomes sont parus chez Glénat.

Biographies

Mathieu, petit frère d'un champion

d'Anne Sophie Stefanini
illustré par Emmanuel Cerisier

Anne Sophie Stefanini

Passionnée par l'Afrique, elle rêve d'explorer le continent qu'elle a commencé à découvrir et auquel elle consacre ses études. L'histoire et la littérature du monde noir sont ses sujets préférés. Entre deux voyages, elle écrit, étudie et travaille pour diverses maisons d'édition.

Emmanuel Cerisier

Il illustre des romans pour enfants ainsi que des albums documentaires en tout genre : des Esquimaux aux avions en passant par les engins de chantiers et les Gaulois. Lorsqu'il a un peu de temps, il s'exerce à d'autres techniques en réalisant des carnets de voyage.

Composition : TOURNAI GRAPHIC
Achevé d'imprimer en octobre 2003
sur les presses de l'imprimerie Gràficas Muriel en Espagne
N° d'édition : 93521